Clifford Chatterley

Anjas Lernjahre

oder

Die fünf Stufen zur Amoral

Clifford Chatterley

Anjas

Lernjahre

oder

Die fünf Stufen zur Amoral

Die Handlungen und Charaktere dieses Buches sind ebenso wie der Autor frei erfunden. Jede Ähnlichkeit mit realen Personen ist unbeabsichtigt. Alle dargestellten sexuellen Handlungen finden zwischen Personen über 18 Jahren statt.

Bibliographische Information der deutschen Nationalbibliothek:

Die deutsche Nationalbibliothek verzeichnet diese Publikation in der Deutschen Nationalbibliografie; detaillierte bibliografische Daten sind im Internet über http://dnb.dnbde abrufbar.

© 2020 Clifford Chatterley

Herstellung und Verlag:

BoD – Books on Demand, Norderstedt

ISBN: 9783752670875

Inhalt

Vorwort

Nach dem Unfalltod ihrer Mutter ist Anja, eine talentierte junge Pianistin, von einem Tag auf den anderen auf sich allein gestellt. Nach Ansicht ihres Klavierlehrers hat sie genug Talent, es ganz an die Spitze zu schaffen. Doch als sie sich entschließt, diesen Weg zu gehen und dafür alles einzusetzen, weiß sie noch nicht, was der Preis ist, den sie dafür zu zahlen hat. Sie muss sich nicht nur der Vergangenheit ihrer Mutter stellen, die ihre Schatten in ihr junges Leben wirft, sondern auch sich selbst. Ist sie bereit, die Grenzen bürgerlicher Moral zu überschreiten und den Weg konsequent zu gehen, der sie an die Spitze führen wird?

Begleiten sie die junge Anja, ihre intime Freundin Susi und ihren Klavierlehrer Kai auf ihrem Weg nach oben, über die fünf Stufen zur Amoral.

Prolog: Allein zu Hause

Anja stand schon eine Weile vor dem Spiegel und betrachtete ihr Abbild. Das schwarze Kleid, das sie trug, ließ ihr leicht überschminktes Gesicht im fahlen Licht der Neonröhre noch blasser und fragiler erscheinen, Ihr blondes schulterlanges Haar, das für den Anlass zu einem strengen Knoten aufgebunden war, lugte unter dem Pillbox-Hut hervor, an dem vorne ein kleiner schwarzer Schleier festgesteckt war. Eine schwarze Stola über die Schultern, schwarze Strümpfe steckten in hohen ebenso schwarzen Pumps. In der Wohnung war es absolut still.

Anja mochte vielleicht eine halbe Stunde regungslos so dagestanden haben. Dann ließ sie als Erstes die schwarze Stola von ihren Schultern auf den Boden gleiten. Sie wandte sich ab, ging in den Vorraum der Wohnung zurück und kickte die Schuhe achtlos in zwei verschiedene Ecken. Nur in Strümpfen ging sie ins Wohnzimmer weiter, nahm den Hut vom Kopf und warf ihn auf das helle Sofa. Sie wartete. Sie ging zum Kühlschrank, nahm eine Dose Coca-Cola heraus, öffnete sie, setzte sie direkt an ihren Mund und nahm einen großen Schluck. Immer noch Stille.

Auf dem Weg ins Wohnzimmer stellte sie die halbvolle Dose auf den niedrigen Couchtisch, streifte das kurze Kleid über ihren Kopf und warf es über die Lehne eines der Stühle, die am Esstisch standen. Sie wartete wieder, hakte dann routiniert ihren schwarzen BH auf und ließ ihn zu Boden fallen. Sie setzte sich dann auf das helle Sofa und legte ihre langen schlanken Beine auf den davor stehenden Couchtisch, griff nach der Packung Zigaretten, die sie in einer Ritze der Polsterung versteckt hatte, schüttelte eine davon und das Feuerzeug heraus und rauchte sich in aller Ruhe eine an. Nach ein paar tiefen Zügen nahm sie die halbvolle Coladose zur Hand und streifte die Zigarette an der Öffnung ab. Das Zischen der heißen Asche in der Limonade war das einzige Geräusch. Sonst Stille.

Sie rauchte die Zigarette fertig und steckte den Stummel in die Getränkedose. Dann begann sie, den Strumpf an ihrem linken Bein hinunterzurollen. Sie zog das Bein an sich, rollte den Strumpf über ihre Zehen und warf ihn mitten auf den handgeknüpften Teppich, der die Mitte des großen Wohnzimmers beherrschte. In aller Seelenruhe zog sie sich dann den zweiten Strumpf vom rechten Bein, ihre Fingernägel rissen dabei ein Loch in das hauchzarte Gewebe. Sie beachtete es nicht, als sie den Strumpf vor dem Sofa zu Boden fallen ließ. Sie wartete, starrte zur Decke des Zimmers. Stille.

Zwei weitere Zigaretten später stand sie auf, sie trug nur noch einen hauchzarten schwarzen String. Auf dem Weg zurück in ihr Zimmer streifte sie auch den Slip ab, ließ ihn über ihre schlanken Beine zu Boden gleiten und stieg einfach heraus. Schließlich stand sie wieder vor dem Spiegel im harten Neon-Licht. Sie betrachtete lange ihren nackten mageren Körper, die hervorstehenden Hüftknochen, die Rippen, die sich unter ihren kleinen festen Brüsten deutlich abzeichneten. Sie entfernte als letztes die Spange aus dem Knoten, der ihr Haar hochgesteckt hielt, schüttelte ihren Kopf, bis es weich auf ihre Schulten fiel und ihr mageres, aber hübsches Gesicht einrahmte.

In der Wohnung herrschte immer noch Stille. Langsam begann sie zu begreifen: Die schneidende Stimme, die sie jeden Augenblick angstvoll erwartete, würde sie nie wieder peinigen.

Die 17-jährige Anja war gerade vom Begräbnis ihrer Mutter in die Wohnung zurückgekommen, die sie mit dieser gemeinsam bewohnt hatte.

*

Schließlich brachen sich all die aufgestauten Emotionen des Tages Bahn. Sie warf sich auf ihr Bett und ließ ihren Tränen eine Weile freien Lauf. Während der Verabschiedung in der Aufbahrungshalle hatte sie nahezu mühelos die von ihrer Mutter anerzogene Härte aufgebracht, ihre Rolle als nächste trauernde Anverwandte perfekt zu spielen. Blass geschminkt, aber gefasst, hatte sie die Beileidskundgebungen all der Menschen aus dem beruflichen Umfeld ihrer Mutter über sich ergehen lassen, mit denen sie nach ihrem Unfalltod so plötzlich konfrontiert war. Anja wusste natürlich, dass ihre Mutter „in der Nachtgastronomie" arbeitete, sie hatte sich aber Anja gegenüber nie auf Details dieser Arbeit eingelassen. So war es für das Mädchen ein ziemlicher Schock gewesen, dass ihre Mutter es als „Cosima" in einem Wiener Nobelbordell zu einiger Bekanntheit gebracht hatte und auch mächtige Männer zu ihren Stammkunden gezählt hatte, die ansonsten sehr darauf bedacht waren, sich in der Öffentlichkeit das Image eines untadeligen Lebenswandels zu geben.

Ihren Vater hatte Anja nie kennengelernt, Fragen nach ihm war ihre Mutter Doris, wie sie mit bürgerlichem Namen hieß, stets ausgewichen. „Er lebt im Ausland, wir haben keinen Kontakt" war alles, was Anja ihr entlocken hatte können. So war die Abwesenheit des Vaters für sie mit der Zeit zur unveränderlichen Normalität geworden. Doch jetzt, nach dem Tod ihrer Mutter, drängte sich ein anderes unabänderliches Faktum mehr und mehr in ihr Bewusstsein: Sie war jetzt Vollwaise und vollkommen auf sich selbst gestellt. Es würde jetzt ganz allein an ihr liegen, etwas aus ihrem Leben zu machen.

*

Es war dunkel. Immer noch nackt saß Anja jetzt schon über eine Stunde an ihrem Klavier. Sie musste dazu nichts sehen, sie starrte mit unfokussierten Augen ins Leere, während sie improvisierte. Das Klavierspiel war ihre zweite Natur, seit über 12 Jahren absolvierte sie neben der Schule eine anspruchsvolle Ausbildung, die sie eines Tages für die staatliche Abschlussprüfung qualifizieren würde. Es war ebenfalls Anjas Mutter zu verdanken, dass sie durch die Jahre der Pubertät dabei geblieben war, obwohl sie mehr als einmal drauf und dran war, den fordernden Unterricht und das tägliche mehrstündige Üben hinzuschmeißen. Doch mittlerweile beherrschte sie das Instrument gut genug und entwickelte selbst Freude und Ehrgeiz darin, sich immer mehr zu vervollkommnen. Die Platzierungen bei einigen Nachwuchswettbewerben waren vielversprechend genug gewesen, dass auch Kai, ihr Klavierlehrer, sie darin ernsthaft ermutigte, den Weg einer professionellen Karriere als Konzertpianistin in Erwägung zu ziehen. Natürlich hatte die strenge Mutter darauf bestanden, dass daneben der schulische Erfolg am Gymnasium und später an der Handelsakademie nicht leiden durfte, und so war ihr Alltag immer schon von strengem Zeitmanagement, Härte zu sich selbst und Disziplin geprägt gewesen. Für die Freizeitbeschäftigungen, denen ihre Freundinnen nachgingen, für Ausgehen, Tanzen, Kino und Flirts, war da so gut wie keine Zeit geblieben.

*

Anja hatte Hunger. Ein Blick in den Kühlschrank zeigte vor allem gähnende Leere, die Vorräte an dem, was ihre Mutter als „vernünftige Ernährung" bezeichnet hatte, waren trotz ihrer Appetitlosigkeit mittlerweile so gut wie aufgebraucht. Und sie hatte jetzt keine Lust, sich damit näher zu befassen. Sie griff also zum Telefon und wählte eine Nummer, die ihre Mutter auf einem Notizblock mit dem Wort „Pizza" notiert hatte. „Ja, eine Pizza Rusticana, und ein Bier bitte." - „Ja, zwei Euro Zustellgebühr geht in Ordnung." - „Ja, Doris W., Adresse haben Sie?"

Zwanzig Minuten später öffnete sie dem Pizzaboten, nur in einem kurzen Morgenmantel bekleidet. Die Art, wie der junge Mann sie ansah, brachte ihr schlagartig einen lange verdrängten Aspekt ihres Daseins an die Oberfläche ihres Bewusstseins: Sie war eine junge attraktive Frau, und ob sie es wollte oder nicht: Ihre bloße Präsenz wirkte auf Männer. Eine gefühlte Ewigkeit lang – wohl in Wirklichkeit nicht mehr als eine halbe

Minute – ließ sie sich auf das Spiel der Blicke ein, genoss ein wenig das Prickeln, das das unverhohlene Begehren des Studenten in ihr auslöste, bevor ihr Verstand wieder die Kontrolle übernahm. „Danke, sehr nett, das ist für Dich", sagte sie zu ihm, drückte ihm eine Zwei-Euro-Münze in die Hand und schloss die Türe vor seinem verdatterten Gesicht.

„Nicht so", sagte sie zu sich selbst, stellte die Pizza im Karton auf den Couchtisch, ploppte die Bierdose auf, schaltete mit der Fernbedienung dem Fernseher ein, legte die Beine wieder auf den Tisch, stellte sich den Pizzakarton auf die Oberschenkel und begann ungeniert mit den bloßen Händen zu essen.

Stufe 1: Unschuld

Formalitäten

Die nächsten Wochen waren für Anja neben der Schule ausgefüllt mit den zahllosen Formalitäten, die der Tod ihrer Mutter und die Abhandlung der Verlassenschaft mit sich brachte. Die Situation wurde zusätzlich dadurch erschwert, dass sie noch nicht volljährig war, aber kein naher Verwandter für die Übernahme der Obsorge zur Verfügung stand. So wurde sie nach einigen Tagen auf das zuständige Bezirksgericht bestellt, wo ein Rechtspfleger und eine Dame der Jugendwohlfahrt sie in Empfang nahmen.

„Frau Anja W., geboren 24.11.2001, Tochter der verstorbenen Doris W., Vater unbekannt, keine weiteren nahen Verwandten", eröffnete der Rechtspfleger die Verhandlung. „Haben Sie vielleicht einen Ausweis dabei?" Anja reichte ihm ohne äußere Regung ihren Personalausweis. „Danke, Frau W." Der Richter notierte die Ausweisnummer und reichte das Dokument zurück. „Gibt es in Ihrem oder dem Umfeld Ihrer Mutter irgendwelche Personen, die Ihnen besonders nahe stehen?" Anja dachte nach, außer Kai, ihren Klavierlehrer, hätte sie niemanden nennen können. „Nein, das Umfeld meiner Mutter, wie Sie das nennen, habe ich erst anlässlich der Beerdigung kennengelernt, sie hat ihren wahren Beruf vor mir geheim gehalten. Und ich selbst bin mit Schule und Klavierausbildung ziemlich ausgelastet." Der Rechtspfleger nickte und tauschte Blicke mit der Beamtin der Jugendwohlfahrt aus. „Es sind noch – einen Moment" … „ein Monat und ein paar Tage bis zu Ihrem 18. Geburtstag." Er schwieg eine Weile und tauschte wieder Blicke mit der Wohlfahrtsbeamtin aus, die sich bis jetzt noch nicht geäußert hatte. „Wenn Sie uns bitte einen Augenblick allein lassen, ich rufe Sie dann wieder herein."

Anja wartete also ergeben auf dem schmucklosen Flur des Gerichtsgebäudes, nach 10 Minuten wurde sie wieder in das Richterzimmer gerufen. Diesmal war es die Wohlfahrtsbeamtin, die das Wort ergriff: „Also, mit dem Ableben Ihrer Frau Mama, zu dem ich Ihnen mein aufrichtiges Beileid ausdrücken möchte, geht Ihre gesetzliche Vertretung zunächst von Amts wegen auf uns über, bis eine neue obsorgeberechtigte Person gefunden ist. In Ihrem Fall" – sie schwieg eine Weile, Anja wartete ruhig ab. „In Ihrem Fall wird das Verfahren wohl einige Monate in Anspruch nehmen, weil wir gesetzlich verpflichtet sind, Nachforschungen zu Ihrem Vater vorzunehmen." Anja zuckte zusammen, was bedeutete das nun wieder?

„Aber keine Angst, dieses Verfahren wird mit Erreichen Ihrer Volljährigkeit automatisch eingestellt. Und in Ihrem speziellen Fall" – sie schaute dabei den Rechtspfleger an – „denke ich, dass nicht zu erwarten ist, dass bis dahin schon Ergebnisse vorliegen. Allein der Aktenrückstau …" Anja unterdrückte ein Gähnen und wünschte sich nur, sie würde endlich zur Sache kommen. „Das Verlassenschaftsverfahren, insbesondere die Einantwortung der Eigentumswohnung, wird durch dieses Verfahren gehemmt. Aber als Ihre gesetzliche Vertretung beantrage ich hiermit bei diesem Gericht, Ihnen das vorläufige Wohnrecht sowie einen angemessenen monatlichen Vorgriff auf das nicht unbeträchtliche Vermögen Ihrer Frau Mutter zu bewilligen, um Ihnen ein selbständiges Leben in Ihrer Wohnung zu ermöglichen. Darüber hinaus bitte ich Sie, diesen Antrag auf Waisenrente zu unterschreiben, wir werden ihn für Sie dem zuständigen Sozialversicherungsträger vorlegen."

Anja schwieg eine Weile. „Und das bedeutet für mich jetzt genau – was?", fragte sie schließlich. Es war der Rechtspfleger, der antwortete. „In einfachen Worten bedeutet das, Sie können in der Wohnung wohnen bleiben, erhalten Zugriff auf ausreichende Mittel, um Ihr Leben bestreiten zu können, und nach Ihrem 18. Geburtstag wird das Verlassenschaftsverfahren mit

Ihnen als eigenberechtigte Beteiligte abgewickelt. Und die Sache mit Ihrem Vater ist mehr eine Formalität, wenn ich richtig orientiert bin, ist der Aktenrückstau in diesen Verfahren ein beträchtlicher …"

Anja ließ die Worte eine Weile auf sich wirken. Wenn sie ihr Gefühl nicht trügte, versuchten die beiden, ihr die Bestellung eines Vormundes für die paar Wochen zu ersparen. Aber konnte sie ihnen vertrauen? „Habe ich Alternativen zu der vorgeschlagenen Vorgangsweise?", fragte sie vorsichtig nach. „Oder teilen Sie mir hier ohnehin nur mit, was Sie zu tun gedenken?" Es war der Rechtspfleger, der antwortete: „Ich denke, Sie können Frau B. In dieser Sache uneingeschränkt vertrauen. Die Jugendwohlfahrt ist ausschließlich als Interessenvertretung von Personen eingerichtet, die die eigene Geschäftsfähigkeit noch nicht erreicht haben. Und überdies" – er machte wieder eine Pause – „würde es mir als Vertreter des Pflegschaftsgerichtes ohnehin schwerfallen, eine nicht verwandte Person zu akzeptieren, die Sie namhaft machen würden. Schon deswegen, weil sich für Sie dadurch keinerlei erkennbarer Vorteil ergibt. Es sei denn, Sie wollten die Wohnung in den nächsten Wochen veräußern." „Nein, nein", beeilte sich Anja zu sagen, „mein nächstes Ziel ist es, die Reifeprüfung abzulegen, ich glaube nicht, dass mich da ein Wohnungsverkauf weiterbringen würde."

„Sehr vernünftig", kam es von Frau B.. „Leider gibt es nach geltender Rechtslage keine vorzeitige Volljährigkeit mehr, aber ich denke, dass das, was wir hier vorschlagen, dem faktisch sehr nahe kommt. Sie haben, was Geschäfte des täglichen Lebens betrifft, keine Einschränkungen. Eine Einschränkung bestünde allerdings, wenn Sie beabsichtigen, beruflich in die Fußstapfen …" Der Rechtspfleger unterbrach sie unwillig. „Ich habe keinen Hinweis, dass dies in der Absicht von Frau W. läge. Ich denke, wir können, die Verhandlung an dieser Stelle schließen. Sie erhalten draußen im Sekretariat gleich die nötigen Unterlagen, um auf das laufende Konto Ihrer verstorbenen

Frau Mutter Zugriff zu erhalten. Gehen Sie am besten gleich zur Bank, es ist wichtig, die laufenden Zahlungen zu regeln. Und nochmals auch von mir das aufrichtigste Beileid und alles Gute für Ihre Zukunft." „Ich habe zu danken", antwortete Anja kühl und stand auf. „Wo finde ich das Sekretariat?"

Beim Klavierlehrer

„Hervorragend, ganz hervorragend, es ist, als ob du ein ganz anderer Mensch wärst. Keine Spur mehr von der Zurückhaltung, gegen die wir die letzten Monate so vergeblich angekämpft haben." Anja hatte soeben den dritten Satz von Beethovens Mondscheinsonate furios hingelegt. Und es war tatsächlich so: In ihrer eigenen Empfindung war sie unfokussiert gewesen, unkontrolliert, viel zu risikobereit, sie hatte eigentlich mit einem strengen Tadel ihres Klavierlehrers Kai gerechnet, eines großen hageren Mannes, er mochte vielleicht Mitte 30 sein.

Doch statt sich über das Lob zu freuen, brach sie am Klavier unvermittelt in Tränen aus. Doch Kai war offenbar nicht überrascht, er schien fast mit dieser Reaktion gerechnet zu haben. Er zündete eine Zigarette an, setzte sich auf das breite Sofa in dem geräumigen Salon der riesigen Wiener Altbauwohnung, den er zum Unterrichten verwendete, und hielt sie hoch. „Komm, reden. Am Klavier kommen wir heute nicht mehr weiter." Anja blickte ihn durch den Schleier ihrer Tränen erstaunt an, doch in den Jahren des intensiven Unterrichts bei ihm hatte sie gelernt, ihm zu vertrauen und auf seinen unkonventionellen, manchmal schwer nachvollziehbaren Wegen ohne Widerrede zu folgen. Sie stand also auf, wischte sich die Tränen mit einem Taschentuch aus den Augen, nahm einen tiefen Zug von der Zigarette und setzte sich zu ihm.

Kai war eine der ungewöhnlichsten Erscheinungen in der Wiener Klavierszene. Selbst ein gefeierter, wenngleich rarer Pianist, hatte er bereits wiederholt Angebote angelehnt, an den renommierten Ausbildungsstätten der Stadt eine Professur anzunehmen. Er unterrichtete ausschließlich privat, was man ihm so lange als Arroganz und Marotte auslegte, bis man auch in der konservativen Musikstadt Wien nicht mehr umhin konnte anzuerkennen, dass seine Schülerinnen – er unterrichtete ausschließlich junge Frauen – bei Auswahlspielen und Nachwuchswettbewerben zu gut waren, um dort ignoriert zu werden. Schließlich hatte man den Widerstand gegen ihn aufgegeben, diesen eigenwilligen Charakter in die Szene integriert und ließ ihm und seinen Schülerinnen den Anteil an medial beachteten Erfolgen zukommen, der ihnen zustand. Man munkelte zwar immer wieder, dass er zu seinen Schülerinnen ein nahes, ja allzu nahes Verhältnis habe – was zwar stimmte, aber nicht auf die Weise, wie sich das die neidischen Verbreiter der diesbezüglichen Gerüchte vorstellten. Er war unkonventionell, bisweilen distanzlos, aber tatsächlich hatte er mehr damit zu tun, die Avancen der jungen Damen abzuwehren, von denen in der Pubertät viele begannen, in ihm mehr zu sehen als nur ihren Klavierlehrer.

„Was ist heute anders? Wie hat es sich angefühlt? Rede darüber, wie es dir ergangen ist, jetzt, beim letzten Mal." Anja schaute ihn hilflos an, sie hasste diese Situation. Es war jedes mal, aus müsste sie ihr innerstes nach außen kehren, viel schlimmer, als wenn sie einfach nackt vor ihm hätte stehen müssen. Und doch … sie wusste auch aus Erfahrung, dass es diese Gespräche waren, die sie wirklich weiterbrachten, weil sie dabei gezwungen war, sich mit sich selbst zu konfrontieren, ihre innersten Ängste, Wünsche und Sorgen zu artikulieren, sich bewusst zu machen und damit auf neue Weise umgehen zu lernen. Sie schluckte also ein paar Mal: „Unfokussiert, unkonzentriert, wild, viel zu risikobereit." „Ja, alles richtig", gab er zurück, „aber ich will ein stärkeres Bild. Wie fühlte es sich an? Was war anders? Denk nicht nach, beschreibe spontan die Bilder, die du siehst. Jetzt." „Wie ein Fohlen auf der Weide", kam sofort die Antwort, „das zum ersten Mal von der Mutter weg galoppiert. Das zum ersten Mal spürt, wohin es seine eigenen Hufe, seine eigenen Beine tragen können. Keine Gedanken, nur Gefühl, der Rausch der Geschwindigkeit, der Wind um die aufgestellten Ohren, vertrauen auf die Intuition, keine Angst vor dem Stolpern und Hinfallen. Pure Lust am Leben."

Kai schwieg eine lange Weile. Es brauchte keine Worte, er musste nur abwarten, bis sie sich der Implikationen dessen selbst bewusst wurde, was sie da soeben gesagt hatte. Es dauerte nicht lange, und ihre Reaktion war heftig, heftiger als er sie erwartet hatte. „Fuck!" Anja war aufgestanden, hatte die Zigarette achtlos auf den Boden geworfen und stampfte jetzt durch den Raum wie ein Raubtier in einem zu kleinen Käfig. „Fuck! Sagst du mir jetzt, dass es damit zu tun hat, dass meine Mutter seit ein paar Wochen draußen am Friedhof unter der Erde liegt? Sag, dass das nicht wahr ist!"

Kai schwieg weiter, ließ Anja Zeit, den Tsunami von Gefühlen herauszulassen, er hob nur die brennende Zigarette auf, bevor sie ein Loch in den handgeknüpften Teppich brennen konnte, der auf dem Boden des Salons ausgebreitet lag. Er beobachtete fasziniert, wie sie sich plötzlich wieder ans Klavier setzte, erst nur furios die Tasten bearbeitete, unspezifischer Zorn. Doch nach einer Weile machte der Zorn etwas Anderem Platz: Sie begann genauso wild, aber kontrolliert zu improvisieren, wie sie das die letzten Tage immer wieder daheim gemacht hatte, statt zu üben. Er ließ sie eine lange Weile gewähren, hörte einfach zu. Sie war in diesem Augenblick gut, unglaublich gut, aber was wichtiger war: Sie war in diesem Augenblick auch ganz sie selbst, ihre technische Routine erlaubte es ihr, ihre Gefühle direkt über die Tastatur des Instruments auszudrücken, ohne Umweg über den Verstand, ohne Beschränkungen der manuellen Geschicklichkeit, die so viele daran hinderten, genau das zu tun. Er war schon kurz davor, zu unterbrechen, da hörte sie plötzlich von selbst auf. Der Schleier über ihren Augen war plötzlich weg, ihr Ausdruck war hart, und bestimmt, aber gleichzeitig auch rein und klar. Er wartete immer noch.

„Fuck", sagte sie ein letztes Mal. Sie setzte sich wieder auf das Sofa, ihr Atem ging noch schnell, doch sie beruhigte sich zusehends. Er zündete die Zigarette nicht an, die er schon in Händen gehalten hatte – sie brauchte das jetzt nicht, sie brauchte jetzt Klarheit. „Scheiße, Kai, musst du mir immer alles auf diese brutale Weise beibringen?" Er lächelte und schüttelte dann bedächtig den Kopf. „Denk noch mal nach Anja. Aber bitte nicht hier. Komm wieder, wenn du weißt, wer dir heute etwas beigebracht hat. Und noch eins …", er wartete eine Weile, doch entschied sich dann dafür, ihr noch einen kleinen Schubs zu geben. „Komm nicht mehr in diesem lächerlichen schwarzen Fummel. Kleide dich so, wie du dich fühlst, in diesem Korsett bürgerlicher Anständigkeit kann doch niemand an sich selbst arbeiten."

Er bezweifelte, dass sie seine letzten Worte noch gehört hatte, als er die Wohnungstür heftig ins Schloss fallen hörte. Doch er war zuversichtlich, sie würde wiederkommen.

Ein Montagmorgen

Die dunkelhaarige dralle junge Frau mit dem offenen schwarzen Haar lag lang ausgestreckt in dem breiten Doppelbett. Die Sonne schien bereits hell in das geräumige Schlafzimmer der Altbauwohnung. Ihr nackter Körper glänzte noch vor Schweiß, sie rauchte müßig eine Zigarette. Kai, der Klavierlehrer, war kurz aus dem Zimmer gegangen, die Frau spürte den Nachwirkungen des Ficks nach, den sie gerade in seinen Armen genossen hatte. Sie mochte vielleicht 20 Jahre alt sein, eine Tochter aus wohlhabendem Haus, die es, wenn man vom Sammeln amouröser Erfahrungen absah, mit dem Erwachsenwerden nicht sonderlich eilig hatte.

Kai kehrte mit zwei Tassen dampfendem Kaffee in das Schlafzimmer zurück, auch er war nackt. Er reichte der jungen Frau eine der Tassen und legte sich wieder neben sie in das zerwühlte Bett. Er zündete sich ebenfalls eine Zigarette an und griff dann nach einem Tablet Computer, der auf seinem Nachtkästchen lag.

„Kennst du die hier, Susi?" Er reichte das Tablet hinüber, sie betrachtete stirnrunzelnd das Foto auf dem Bildschirm. „Ist das nicht Anja? Geht bei uns in die Maturaklasse, ihre Mutter ist unlängst gestorben. Außenseiterin, Blass und verschlossen wie eine Auster, was man hört, interessiert sie sich nur für ihr Klavier. Wie kommst du zu der?" „Sie ist meine Schülerin. Und", setzte er nach, „eine meiner besten. Aber, wie du selbst sagst: Ihre Mutter hat sie sehr streng erzogen, sie ist praktisch nur auf das Klavier und die Schule fokussiert. Und jetzt steht sie vor der Entscheidung, ob sie sich vom Klavier verabschiedet und einen kaufmännischen Beruf ergreift, oder ob sie sich ganz der Ausbildung zur Profi-Pianistin widmet. Ich hoffe natürlich zweiteres, Talent hat sie genug." Susi dämpfte ihre Zigarette aus und nahm einen großen Schluck Kaffee. „Schön, aber warum erzählst du mir das alles?"

„Hmmm", machte Kai. „Du kannst dir sicher vorstellen, dass das professionelle Musikbusiness kein reiner Spaziergang ist. Da drängen sehr viele talentierte Leute nach, jedenfalls deutlich mehr, als der schmale Markt aufnehmen und ihnen auch einen Lebensunterhalt finanzieren kann. Und du kannst dir sicher auch vorstellen, dass es speziell bei den jungen Frauen nicht immer ausschließlich darauf ankommt, was sie auf dem Klavier zu leisten imstande sind. Es ist halt immer noch eine Männerwelt, es sind immer noch Männer, die über Engagements, Plattenverträge und Preisverleihungen entscheiden. Du verstehst, was ich meine?" „Und Klavierlehrer", gab sie grinsend zurück, während sie ihre Hand über Kais Brust gleiten ließ und eine seiner Brustwarzen ein wenig zwirbelte. „Aber ich verstehe immer noch nicht, wozu du mir das alles erzählst. Warum vögelst du sie nicht einfach?"

„Reizvoller Gedanke, fast so reizvoll wie dich gleich noch einmal zu vögeln." Kai stöhnte unter Susis Behandlung ein wenig auf, sein Penis reagierte bereits sichtbar und zeigte deutlich Kais Bereitschaft. Susi grinste. „Aber ich fürchte, das würde nicht ausreichen. Ich will ja nicht, dass sie mich als ihre erste große Liebe betrachtet. Ich will, dass sie genauso einen entspannten und selbstverständlichen Zugang zu ihrer Sexualität findet wie – hmm – gewisse andere Leute in meiner Umgebung." Er legte seine Hand auf Susis, die immer noch an ihm herumspielte, und ließ seine andere über ihren flachen Bauch auf ihre Vulva gleiten. Susi räkelte sich wohlig und machte ihre Beine ein wenig breiter. Sie drehte sich ein wenig zu ihm und grinste ihn breit an. „In anderen Worten: Du willst von mir, dass ich ihre Bekanntschaft suche und mein Netzwerk dazu verwende, ihr die Freuden des Fickens näherzubringen und dir dabei zu helfen, sie ein bisschen zu versauen?"

Kais Griff auf Susis Vulva wurde ein wenig härter, er suchte und fand mit einem Finger ihre feuchte Klitoris und begann sie ein wenig zu reiben. „Ich bewundere dich immer wieder für die zurückhaltende Eleganz deiner Formulierungen, Susi." Er sah sie grinsend an. „Aber ich denke, du hast verstanden, worum es geht. Und ich denke auch, dass dir das ja auch selber ein bisschen Spaß machen könnte, oder irre ich mich da, meine Süße?" Susi antwortete nicht gleich, doch sie befreite sich mühelos aus seinem Griff, schubste ihn zurück auf seinen Rücken und erhob sich in den Kniestand. Sie nahm seinen Penis in ihre Hand und begann ihn sachte zu stimulieren, während ihre linke Hand seine Brustwarze ein wenig härter bearbeitete. „Du meinst also, du lehnst dich entspannt zurück, lässt mich die ganze Arbeit machen und erntest dann zu gegebener Zeit die Früchte?", fragte sie ihn. „Und, funktioniert es?", fragte er grinsend zurück. „Mal sehen", sagte Susi, ich werde mir was überlegen. Bei so was gibt es aber keine Erfolgsgarantie. Ich kann es versuchen, aber wenn sie mich einfach nicht mag, werde ich nicht nahe genug an sie ran kommen. Ansonsten", sie grinste, als sie seinen Schwanz ausließ und sich breit über Kai kniete, „denke ich, dass du dich jetzt entspannt zurücklehnen und deine Susi mal machen lassen kannst. Du wirst mit dem Ergebnis zufrieden sein." Damit kletterte sie auf ihn, stützte sich mit beiden Händen auf seinen Schultern ab und bohrte sich seinen erigierten Schwanz mit einer einzigen fließenden Bewegung tief in ihre nasse Grotte. „Oh ja", stöhnte Kai unter ihr. „Ich denke, diese Aufgabe ist bei dir in den besten Händen." Er schloss die Augen und genoss die sparsamen, wohldosierten Bewegungen der jungen Frau, während sie sich wieder spielerisch an seinen Brustwarzen zu schaffen machte.

*

Susi war nicht der Typ, der lange herumfackelte. Kais Idee gefiel ihr und schien ihr jede Menge Spaß zu versprechen. Schon am selben Nachmittag holte sie ein paar Erkundigungen ein, was ihr dank ihres ausgedehnten Netzwerkes nicht schwerfiel. Schon bald hatte sie einige Ansatzpunkte gefunden. Als erstes rief sie Markus an, einen Klassenkollegen Anjas, mit dem sie ein loses Verhältnis unterhielt. Hier konnte sie gleich das Angenehme mit dem Nützlichen verbinden, er hing für ihren Geschmack ohnehin zu sehr an ihr. „Du Markus, ich muss etwas mit dir bereden, aber nicht am Telefon", flötete sie in den Hörer. „Hast du heute Nachmittag Zeit?"

Dann ging sie einen Stock hinunter, aus der geräumigen elterlichen Wohnung in die Kanzlei ihres Vaters. Die dunkelhaarige Büroleiterin ihres Vaters blickte durch ihre dicke Brille auf und lächelte ein wenig säuerlich, als sie Susi hereinkommen sah. „Hallo Elvira Schatz, ich brauche wieder mal deine Hilfe", eröffnete die jüngere ziemlich schmucklos die Konversation, ging auf die ältere zu und gab ihr links und rechts einen Kuss auf die Wange. Das Verhältnis der beiden Frauen war einigermaßen kompliziert, da die alleinstehende Elvira insgeheim in Susi verliebt war, Susi das aber mühelos durchschaute und weidlich ausnützte, wogegen Elvira wieder nicht die Kraft aufbrachte, sich ernsthaft zu wehren. „Was darf es denn diesmal sein", fragte sie daher resignierend. „Ach, eigentlich ganz einfach, kannst du für mich herausfinden, wer in einer Verlassenschaftssache der zuständige Notar ist?" „Du weißt aber, dass ich das nicht darf. Datenschutz", machte Elvira den hoffnungslosen Versuch, das Verlangen Susis abzuwehren. Diese zog nur einen Schmollmund. „Geh Elvira Schatz, es ist ja nur für mich. Hast dann auch was gut bei mir, vielleicht einmal abendessen gehen in deine vegane Lieblingshütte?"

Elvira antwortete nicht, sondern setzte sich an ihren Computer. „Na sag schon, wen brauchst du denn. Und ich nehme dich beim Wort." Susi stand hinter ihr und legte ihr sachte beide Hände auf die Schultern. „Anja W.", flötete sie und begann Elviras stets verspannte Schultern ein wenig zu massieren. Wenig später hatte sie die gesuchte Information und war hoch zufrieden. Bei Dr. K. arbeitete Bernd, das war für Susis Zwecke ein Haupttreffer. „Danke Schatz", flötete Susi und ließ Elviras Schultern los. „Du hast mir damit echt weitergeholfen." „Und was ist jetzt mit meinem Abendessen"; fragte diese zurück. „Machen wir uns aus, versprochen. Ich muss jetzt, Schatz". Mit diesen Worten war Susi wieder bei der Tür draußen.

*

Markus staunte nicht schlecht, als er sich eine Stunde später Susis Vorschlag angehört hatte. Er war von Susi zwar schon einiges gewöhnt, aber das überraschte ihn doch einigermaßen: „Meine eigene Freundin sagt mir also, ich soll diese Anja unter dem Vorwand hierher locken, ihr Nachhilfe zu geben, und sie dann so mir-nix-dir-nix verführen und womöglich entjungfern? Sonst noch was, oder ist es das dann?" Susi grinste. „Für einen Jungen hast du eine rasche Auffassungsgabe, ja, das wäre der Plan. Hast du irgendwelche Einwände?" Markus schluckte.

„Aber …", konnte er schließlich nur stammeln. „Aber was?, fragte sie nur gedehnt zurück. „Heißt das, dass du es dir nicht zutraust? Soll ich jemand anderen fragen? Oder brauchst du vorher noch ein paar Nachhilfestunden?" „Aber ich dachte, wir beide …" „Wir beide – was?", fragte sie da kokett zurück. „Wir beide vögeln gelegentlich miteinander, aber ich könnte mich nicht erinnern, dass wir miteinander verlobt wären. Aber vielleicht war ich ja zu besoffen?" Markus brauchte eine Weile, um das Gehörte zu verarbeiten. „Das heißt, dass du auch mit anderen?" Susi schaute ihn amüsiert an. „Na was dachtest du denn?" – Sie schwieg eine Weile und fragte dann nach: „Und? Stört es dich, oder macht es dich an?" Sein Blick, der sich in dem Moment ins Raubtierhafte verwandelte, gab ihr die erwartete Antwort. Sie folgte ihm willig, als er sie für seine Verhältnisse ungewohnt hart an der Hand packte und wortlos in sein Zimmer führte.

Entscheidungen

Als Anja die Stiegen von der Wohnung Kais heruntergestiegen und das Haus verlassen hatte, setzte sie sich erst einmal in den gegenüber des Hauses liegenden Park und zündete sich eine Zigarette an. Was Kai ihr da gerade geoffenbart hatte, war doch starker Tobak. Aller Folklore entkleidet, hatte er sie vor die Alternative gestellt, entweder ernsthaft das Staatsexamen und eine Karriere als Konzertpianistin anzustreben oder den Unterricht bei ihm zu beenden.

„Du musst ich entscheiden: Entweder du lässt dich voll und ganz darauf ein, dein Leben dem Klavier und deiner künstlerischen Karriere zu widmen – oder du suchst dir nach deiner Handelsakademie-Matura einen Job irgendwo als Büromaus und lebst ein bürgerliches Leben wie hunderttausende andere Frauen auch. Aber für den zweiten Fall brauchst du mich nicht mehr: Du hast bei mir mehr als genug für den Hausgebrauch gelernt, und wenn du erst ins Berufsleben eingestiegen bist, werden dir ohnehin Zeit und Energie dafür fehlen, mit der Ernsthaftigkeit weiterzuarbeiten, die für eine Weiterentwicklung zur Spitze notwendig ist. In ein paar Monaten hast du deine Schule abgeschlossen, bis dahin hast du Zeit für eine Entscheidung. Aber treffen musst du sie ganz alleine, das kann dir niemand abnehmen."

Anja warf die Zigarette achtlos in den Kies unter der Bank, auf der sie in der untergehenden Abendsonne saß. Eine Weile starrte sie einfach ins Leere, unfähig, einen klaren Gedanken zu fassen. Sicher, sie hatte diesen Augenblick kommen sehen, es war ihr schon länger klar, dass sie irgendwann einmal diese Entscheidung würde treffen müssen. Und doch … das machte es nicht einfacher. Was ihr Herz sagte, wusste sie natürlich längst: Sie fühlte sich geschaffen für die Musik, sie war das, wofür sie lebte und wofür es sich auch lohnte zu leben. Doch konnte sie es riskieren, ganz allein dem Ruf ihres Herzens zu folgen? Sie war seit dem Tod ihrer Mutter ganz auf sich allein gestellt, würde wohl auf absehbare Zeit ganz allein für sich selber sorgen müssen.

Doch andererseits: War das nicht auch eine Chance, die darin lag? Letztlich war sie nur für sich selbst verantwortlich und niemandem Rechenschaft schuldig. Und so ganz im luftleeren Raum agierte sie ja auch nicht: Sie würde die Eigentumswohnung ihrer Mutter übernehmen können, dazu einiges an Ersparnissen, und es würde sich ein Weg finden, während der Ausbildung auch die Waisenrente weiter beziehen zu können. Was riskierte sie also schon groß? – Natürlich, die Schule würde sie abschließen, und wenn sie dann nach ein, zwei Jahren herausfinden würde, dass ihr Talent oder ihre Zielstrebigkeit nicht ausreichte … mit ihrer kaufmännischen Ausbildung würde sie dann immer noch leicht Arbeit finden.

Anja fröstelte leicht, als die Sonne schließlich hinter der Fassade eines Wohnhauses versank und der kühle Wind sich unangenehm bemerkbar machte. Doch als sie aufstand und sich auf den Weg nach Hause machte, war der Entschluss in ihr gereift: Sie würde es mit der Musik versuchen – und sie war entschlossen, alles einzusetzen, was für die Erreichung dieses Zieles erforderlich war. Sie ahnte zu diesem Zeitpunkt allerdings noch nicht, welchen Einsatz ihr Lebensweg ihr abverlangen würde.

Bei der Frauenärztin

„Alles in Ordnung, du kannst dich wieder anziehen", sagte die Ärztin, während sie sich umdrehte und an ihren Schreibtisch zurückkehrte. Anja nahm ihre Beine rasch von den Stützen des gynäkologischen Stuhls, schlüpfte in ihre Unterwäsche und ihr schlichtes schwarzes Kleid und setzte sich auf den Sessel vor dem Schreibtisch. Sie wartete geduldig, während die Ärztin in ihrer Patientenakte blätterte. Anja war nicht das erste Mal hier, sie suchte diese Ärztin seit einigen Jahren regelmäßig auf, mit der Zeit hatte sich zwischen den beiden ein Vertrauensverhältnis entwickelt, das über eine normale Arzt-Patienten-Beziehung weit hinaus ging.

Die Blicke der beiden Frauen begegneten einander. „Darf ich offen sprechen?" „Ich bitte darum." „Anja, du bist jetzt praktisch eine erwachsene und sehr attraktive Frau. Alles Gute zum 18. übrigens noch nachträglich." Auch wenn du noch keine Erfahrung damit hast, denke ich, es wird nicht ausbleiben, dass du relativ rasch mit den praktischeren Aspekten deiner Sexualität konfrontiert sein wirst. Ich denke, es ist Zeit für dich, dich mit gewissen Vorkehrungen dafür auseinanderzusetzen. Da du noch in Ausbildung bist und diese unbedingt abschließen solltest, steht natürlich die Frage einer wirksamen und komfortablen Verhütung ganz oben auf der Liste."

Anja wurde rot. Auch wenn sie über das Thema natürlich insgeheim schon nachgedacht hatte, hatte sie die kindliche Scheu noch nicht abgelegt, darüber auch offen zu sprechen. „Was meinst du konkret, Birgit?", fragte sie daher schüchtern zurück.

„Nun, du könntest dir zum Beispiel überlegen, ob du dein erstes Mal einfach auf dich zukommen lässt und dann entweder ein Risiko eingehst oder mit unzuverlässigen Hilfsmittelchen hantierst, oder …" „Oder – was?", fragte Anja zurück. „Nun, es ist und bleibt ein Faktum, dass nur hormonelle Verhütung einen wirklich guten Schutz bietet." „Ja, aber täglich eine Pille einnehmen?", fragte Anja weiter. Die Ärztin lächelte. „Die Entwicklung ist nicht stehen geblieben. Es gibt heute mehrere Methoden, komfortablen und dauerhaften Schutz zu erreichen. In deinem Fall würde ich eine auf dich gut abgestimmte Hormonspirale empfehlen, damit bist du auch gewisse andere weibliche Unannehmlichkeiten los, solange du sie trägst. Glaub mir, daran gewöhnt man sich gerne, und außerdem …", die Ärztin lächelte verschmitzt. „Außerdem – was?" „Außerdem richten sich gute Gelegenheiten nicht immer nach deinem Zyklus, wenn du weißt, was ich meine."

„Ja geht das den überhaupt, ich bin ja noch Jungfrau. Bringt man das Ding da überhaupt – hinein?" Die Ärztin sah Anja an. „Das kann man allgemein nicht so sagen, aber in deinem Fall … Das Hymen ist bei Frauen vor dem ersten Verkehr sehr unterschiedlich geformt, und in deinem Fall kommt noch dazu, dass es schon vor längerer Zeit eingerissen ist. Das ist keine Seltenheit, das kann beim Sport passieren." Anja schaute verdutzt, das war ihr neu. „Also das würde gehen? Aber einfach so, ich hab ja nicht vor, gleich morgen – damit – zu beginnen." Die Ärztin lächelte wieder. „Umso besser, da hat dein Körper noch Zeit, sich in Ruhe drauf einzustellen. Aber wenn wir schon dabei sind …" „Ja was denn noch?" „Sexuell übertragbare Krankheiten. Es gibt jetzt ganz neu einen Mehrfachimpfstoff, da bist du dann die Sorge um HIV und andere Krankheiten auch gleich los. Und die muss man nur alle fünf Jahre auffrischen."

Anja nickte, die Ärztin hatte da gleich einige ihrer Sorgen angesprochen. „Wenn ich so weit bin, könnten wir beides heute machen?", fragte sie dann. „Aber sicher, die beiden hängen nicht zusammen. Wir können jederzeit starten." Eine halbe Stunde später hatte Anja die Ordination verlassen, der momentane Schmerz ließ schon wieder merklich nach. „Viel Spaß, wobei auch immer", hatte die Ärztin ihr zum Abschied gewünscht. Anja holte tief Luft, es war ein großer Schritt für sie gewesen, ihre Ängste und Hemmungen zu überwinden. Aber es fühlte sich gut an, sie liebte es, auf alle Eventualitäten vorbereitet zu sein.

Stufe 2: Erweckung

Vom Mädchen zur Frau

„Sei nicht böse, Markus, aber ich denke, für heute ist es genug. Es passt nichts mehr in den Kopf hinein." Anja saß im Wohnzimmer einer geräumigen Wiener Dachgeschoßwohnung, ihr Schulkollege Markus hatte sich erbötig gemacht, ihr in ihrem schwächsten Fach, dem Rechnungswesen, ein wenig unter die Arme zu greifen. Er mühte sich jetzt schon über drei Stunden damit ab, ihr die Vorbereitungsbeispiele zur rasch nahenden schriftlichen Matura näherzubringen. Markus schlug das Buch zu und antwortete: „Ja, eigentlich gute Idee, wir haben heute schon sehr viel weitergebracht. Und nächste Woche können wir ja auch noch einmal gemeinsam arbeiten." Er schwieg eine Weile, betrachtete das hübsche blonde Mädchen, das ihm da gegenüber saß, dachte an Susis Worte. Er blickte hinaus auf die Dachterrasse, die gerade golden von der untergehenden Sonne beleuchtet wurde. Nun sollte der vergnügliche Teil des Abends kommen, er war zuversichtlich, dass das schon klappen würde.

„Aber jetzt haben wir uns ein bisschen Erholung verdient, nicht wahr? Hättest du vielleicht Lust, mit mir noch ein Glas Wein zu trinken und ein paar Häppchen zu essen? Mama hat eine Kleinigkeit vorbereitet, sie bedauert, dass sie beide heute Abend verhindert sind, wünscht uns aber viel Vergnügen." Anja überlegte, ihr entging nicht der begehrliche Blick, mit dem Markus, ein hochgewachsener, sportlicher junger Mann, der erst später in die Handelsakademie eingestiegen war, sie musterte. Doch es war ihr in diesem Augenblick nicht unangenehm, sie beschloss, sich spontan auf die Einladung einzulassen und einfach zu sehen, was passieren würde.

„Von Herzen gern, wenn ich deine Gastfreundschaft noch so strapazieren darf", sagte sie und hatte das Gefühl, dass das etwas zu gespreizt ankommen würde. „Doch du entschuldigst mich bitte einen Augenblick, wo finde ich bei euch …" Er lächelte nur. „Einfach ins Vorzimmer raus und rechts ganz hinten. Du kannst es nicht verfehlen, ich richte einstweilen alles her und erwarte dich auf der Terrasse."

Anjas Herz klopfte ein wenig, als sie sich auf den Weg machte. Es schmeichelte ihr, dass sie dem älteren Markus auch als Frau zu gefallen schien, und sie konnte auch deutlich die ungewohnte Reaktion ihres Körpers darauf spüren. Aber wollte sie sich wirklich darauf einlassen? Wenn es so weit kommen würde? Diese Frage ging ihr nicht aus dem Kopf, während sie hastig in ihrer Tasche kramte, ihren Lidstrich nachzog, ein paar Tropfen frisches Parfum auflegte und ihre blassen Wangen mit ein wenig Rouge unterstrich. Andererseits – so überlegte sie – was machte sie da eigentlich? Hatte sie sich damit nicht ohnehin schon entschieden? Und wie hatte Birgit gesagt? Gute Gelegenheiten richten sich nicht immer nach dem Zyklus? Jedenfalls hatte sie keine Blutungen mehr gehabt, seit sie ihr dieses Ding eingesetzt hatte. Anja holte tief Luft, als sie ihr Spiegelbild das letzte Mal ansah. „Na dann, lassen wir es auf uns zukommen." Sie prüfte ihr Lächeln und ging dann ohne Hast den Weg zurück auf die Terrasse.

Die Unterhaltung plätscherte angenehm, Markus war ein angenehmer und amüsanter Gesellschafter, doch es war schließlich Anja, die das Gespräch in die richtige Richtung drängte. „Aber jetzt sollte ich langsam gehen, bevor dir deine Freundin dann die Frage stellt, warum du mit einer Schulkollegin stundenlang auf der Terrasse flirtest." Doch seine Reaktion darauf fiel anders aus, als sie sich das erwartet hatte. „Er lehnte sich zurück, plötzlich war wieder dieses raubtierhafte Begehren in seinen Augen, das sie in wohliger Weise schaudern machte. „Gern, aber möchtest du zuvor vielleicht noch meine Briefmarkensammlung sehen, Anja?" Sie wurde wider Willen puterrot. Der Klassiker hatte sich in ihrer gemeinsamen Klasse zum geflügelten Wort entwickelt, die Frage war eindeutig. Anja blickte eine Weile zu Boden, während sie die Woge der Erregung unter Kontrolle zu halten versuchte, die diese unerwartet direkten Worte in ihr auslösten. „Wenn du dich entschlossen hast, einen Weg zu gehen, dann gehe ihn und blicke nicht zögerlich zurück", vermeinte sie da plötzlich die schneidende Stimme ihrer Mutter zu hören. Sie nahm sich also zusammen, zwang sich, seinem offenen, leicht amüsierten Blick ebenso offen zu begegnen, hoffte inständig, dass ihr die Stimme nicht versagen würde, und hörte sich wie von weit außen sagen: „Ja gern, wenn du sie mir noch zeigen möchtest, Markus."

Er verlor kein weiteres Wort, stand auf, bot ihr den Arm und führte sie mit den Worten „Na dann komm mit, draußen ist es ohnehin kühl" wieder in die Wohnung. Sie folgte ihm stumm durch einen langen Flur, bis er schließlich die Türe zu einem der Zimmer öffnete. „Na dann, willkommen in meinem Reich, Anja." Sie trat ein und bewunderte die Sicherheit, mit der er ihr den Vortritt ließ und ohne Hast die Türe hinter sich schloss. Sie blickte sich um … ein breites Bett, ein Schreibtisch, ein Kleiderschrank, ein Bücherbord, nichts Ungewöhnliches. Ihr Blick fiel auf das Bild einer jungen Frau, das auf dem Schreibtisch stand. Er fing ihn auf und sagte wie beiläufig: „Meine Schwester. Sie studiert in Deutschland, wir sind uns sehr nahe." Anja biss sich auf der Lippe herum, um ihre Sicherheit war es geschehen. Doch Markus schien die Situation zu begreifen: „Dein erstes Mal, nicht wahr? Möchtest du, dass ich die Führung übernehme?" Anja, hasste es zwar, so leicht durchschaut zu werden, doch schreiend davonzurennen schien ihr jetzt keine Option mehr zu sein, also lächelte sie ihn dankbar an. „Ja bitte, Markus."

Er zögerte nicht erkennbar, sondern trat auf sie zu und begann ohne weitere Worte ihre Bluse aufzuknöpfen. Anja kämpfte derweil dagegen an, dass ihr Atem allzu offensichtlich schneller ging. Sie ließ sich von ihm entkleiden, bis sie nur mehr in ihrem weißen bestickten Slip vor ihm stand. „So, den ziehst du jetzt selber aus, wenn du so weit bist", sagte er vollkommen ruhig, während er sein eigenes Hemd aufknöpfte. Anja wartete zu, bis er nackt und ohne jegliche Scham mit bereits halb erigiertem Penis vor ihr stand. Sie holte noch einmal tief Luft, dann streifte sie mit aller Eleganz, zu der sie in ihrer Erregung noch fähig war, ihr Höschen über ihre langen Beine hinunter.

Sie ging einen Schritt auf ihn zu, wollte ihm instinktiv die Hände auf die Schultern legen, doch er fing sie routiniert in der Bewegung ab, nahm beide ihrer Hände in die seinen, zwang sie, ihm in die Augen zu sehen und fragte sie noch einmal. „Du möchtest es jetzt tun?" Sie schluckte und konnte nur nicken. Er ließ also eine ihrer Hände aus, führte sie an der anderen zu seinem Bett und sagte: „Na dann leg dich bitte hin." Sie zitterte leicht, als sie sich in der Mitte des Bettes auf den Rücken legte. Bald war er neben ihr, sie schloss die Augen, fühlte, wie er ihren schlanken Körper routiniert mit seinen Händen erkundete, ließ es zu, dass ihre Erregung durch ihren Körper strömte, fühlte die vertraute und in diesem Augenblick doch so ungewohnte Feuchtigkeit zwischen ihren Beinen – und dann war er schon auf ihr, drang vorsichtig in sie ein – wie sie erwartet hatte, schmerzte es kaum – und begann sie mit langsamen, routinierten, kontrollierten Stößen zu nehmen. Sie ließ sich Zeit, spürte ihren Empfindungen nach, fühlte, wie sich ihre Erregung langsam bis in ihre Finger- und Zehenspitzen ausbreitete.

Doch irgendwann war der Plafond erreicht, irgend etwas in ihr verkrampfte sich. Oder konzentrierte sie sich zu stark auf ihn, auf seinen Penis, der tief in ihr immer mehr anschwoll? Sie nahm sehr bewusst wahr, wie er sich schließlich in sie ergoss und ein noch unvertrautes Gefühl der Nässe in ihr erzeugte … und dann war es auch schon wieder vorbei. Sie drehte sich zu ihm hinüber, während er noch keuchend auf dem Bett lag, und lächelte ihn mechanisch an. „Danke", sagte sie in Ermangelung bessere Worte, die ihr in diesem Augenblick nicht einfielen. „Danke für diese Erfahrung." Er legte als Antwort seine Hand auf ihre Hüfte, tätschelte sie ein wenig und sagte mit einem breiten Grinsen: „Geil, absolut geil. Danke auch dir Anja."

Zehn Minuten später waren die beiden wieder angezogen. Sie waren soeben wieder ins Wohnzimmer zurückgekehrt, als sie einen Schlüssel in der Wohnungstür hörten. Markus blickte auf: „Ah, das ist Susi, meine Freundin. Susi, das ist Anja, ich habe dir ja erzählt, wir haben heute Abend Rechnungswesen gelernt und sind dann noch ein wenig sitzen geblieben." Wie ferngesteuert stand Anja auf, reichte Susi die Hand, „nett dich kennenzulernen", „ja ganz meinerseits." Anja brachte gerade noch die Kraft auf, ein „Na dann will ich euch beide aber nicht länger stören, danke noch einmal, Markus, für deine Hilfe, ich wünsche euch noch einen schönen Abend." Sie ließ sich noch von Markus zum Lift bringen und war schließlich froh, aus dem Haus und im Freien auf der Straße zu stehen. Langsam machte sie sich zu Fuß auf den Heimweg. Die kühle Luft tat ihr gut, sie musste mit dem eben Erlebten erst mal klarkommen.

Von Frau zu Frau

Anja kam nicht wirklich dazu, sich mit ihrem Erlebnis auseinanderzusetzen, denn beim Heimkommen fand sie ein Schreiben einer Notariatskanzlei in ihrem Briefkasten. Offenbar war seit ihrem Geburtstag Bewegung in die Sache mit der Wohnung gekommen, jedenfalls wurde sie höflich gebeten, in Sachen „Einantwortung" in den nächsten Tagen in der Kanzlei vorzusprechen. Eine kurze Recherche im Internet später wusste sie: Es würde darum gehen, die Wohnung und das sonstige Vermögen ihrer verstorbenen Mutter endgültig an sie zu übertragen. Sie erinnerte sich, der Richter hatte dieses seltsame Wort auch gebraucht.

Später am Abend, Anja lag gerade in der Badewanne, läutete ihr Mobiltelefon. Sie hatte erst keine Lust abzuheben, aber als die selbe Nummer das dritte Mal aufleuchtete, drückte sie doch auf die Taste mit dem grünen Hörer. „Ja", sagte sie nur. „Anja?", fragte eine weibliche Stimme am anderen Ende. „Ja bitte", gab sie knapp zurück. „Hier ist Susi, wir haben uns heute Nachmittag bei Markus kurz gesehen." Anja hielt das Telefon instinktiv von sich weg. Was konnte die denn von ihr wollen? „Bist du noch da, Anja?", hörte sie die Stimme fern aus dem Hörer. „Es ist nicht, was du denkst, ich möchte einfach nur mit dir reden, damit sich nichts zwischen uns drängt, was gar nicht da ist."

„Ja, aber nicht am Telefon. Wir kennen uns ja kaum", gab sie zurück. Anja hatte zwar keine Ahnung, was die Frau wollte, doch wenn die es ernst meinte, würde sie wohl darauf einsteigen. „Gut", gab Susi zurück. „Morgen ist ohnehin Freitag, die Schule wird mal ohne uns auskommen, um halb zehn im Café Schwarzenberg?" Anja überlegte, aber die Neugier siegte. „Ja gern", antwortete sie dann. „Dann bis morgen." Es tutete nur mehr im Hörer. Nun gut, dachte Anja, Schule schwänzen gehört zu den Erfahrungen, die ich noch nicht gemacht habe. Sie hatte sich ohnehin entschlossen, also verschwendete sie keinen weiteren Gedanken mehr daran, stellte das Telefon auf lautlos und ließ sich wieder mit geschlossenen Augen in das warme Badewasser zurückgleiten.

Ein wenig flau war ihr schon im Magen, als sie das alt-ehrwürdige Café an der Wiener Ringstraße betrat. Sie musste nicht lange suchen, Susi saß in einer Fensternische in der Nähe des Einganges. Doch ihre Bedenken waren unbegründet, auf ihr scheues „Hallo – darf ich" kam ein herzliches „Na klar, wenn ich dich schon extra hergelockt habe." Susi war ein wenig kleiner als Anja, ihr rundes Gesicht mit freundlichen graugrünen Augen wurde von einer rabenschwarzen Mähne eingerahmt, die sie nur mit einem Haarreifen notdürftig im Zaum hielt.

Anja setzte sich und wartete ab. „Eine Melange bitte und ein Glas Wasser", sagte sie kühl zu dem rasch herbeigeeilten Kellner. Zwei Minuten später stand der Kaffee vor Anja, sie blickte die andere ruhig und abwartend an.

„Ich mag nicht lang herumreden", sprudelte es da aus Susi heraus. „Ich bin zwar mit Markus befreundet, aber nicht so, dass es mich stören würde, dass du mit ihm geschlafen hast." Anja antwortete nicht gleich, bemerkte aber wohl das „dass" statt einem „wenn". Sie sah noch einmal in diese offenen, freundlichen Augen. „War das denn so offensichtlich?", fragte sie dann einfach zurück. „Ja schon", antwortete Susi, „zumindest wenn man nicht komplett blind durchs Leben rennt. Aber", Susi schien jetzt in Fahrt zu kommen. „Aber, das ist nicht der eigentliche Grund, warum ich mit dir reden wollte. Ich habe schon einiges von dir gehört und bin einfach neugierig. Bist du nicht die Pianistin, die nicht allzu lang her ihre Mutter verloren hat? Mein aufrichtiges Beileid dazu übrigens." Anja schaute Susi ein letztes Mal prüfend an. Nein, da schien nichts gespielt oder aufgesetzt, da war nur ehrliches Interesse. „Na gut, ja, erst mal danke für deine Anteilnahme. Und ja, ich beschäftige mich ernsthaft mit Klavierspiel und versuche im professionellen Bereich Fuß zu fassen."

Bald merkte Anja, wie gut es ihr tat, wieder einmal mit jemandem über sich und ihre Gefühle sprechen zu können, und da Susi einfach nur zuhörte, hatte sie sich bald warm geredet und mehr von sich preisgegeben, als sie eigentlich beabsichtigt hatte. „So, jetzt weißt du alles über mich", endete sie schließlich und schaute Susi erwartungsvoll an.

„Na, da hast du ja echt schon allerhand auf den Schultern, wie schau denn da ich dagegen aus? Ich lebe von meinem Papa, schummle mich durch die Schule und schau ansonsten, was die fescheren unter den Burschen zu bieten haben." „Na ja, wenn's dir Spaß macht … ich war gestern ein bisserl enttäuscht, ich hatte mir mehr erwartet." Susi wurde plötzlich anteilnehmend.

„Oh, oje, sag nicht, das war dein erstes Mal mit Markus?" Anja wurde wider Willen rot. „Ich hab mir halt Zeit gelassen damit, und meine Mutter hatte dazu ja auch recht strenge Ansichten. Zumindest, was mich betraf." Anja hatte auch nicht ausgelassen, was ihre Mutter beruflich getan hatte. „Hmmm, schade, dass es nicht perfekt war, aber damit bist du alles andere als allein. Viele Frauen sind am Anfang zu verkrampft oder verkopft und müssen erst herausfinden, wie sie selber auch auf ihre Rechnung kommen. Sich mit sich selber auseinandersetzen kann da viel helfen. Masturbierst du eigentlich?"

Anja schnappte kurz nach Luft. Wie lange kannte sie ihr Gegenüber jetzt schon? Doch die junge Frau hatte etwas derart Entwaffnendes an sich, als sie einfach nachsetzte: „War dir das jetzt zu heftig? Tut mir leid, aber so bin ich nun mal. Ich sage, was ich mir denke. Und jetzt denke ich, ich würde mir sehr wünschen, wenn wir beide gute Freundinnen werden könnten." Anja beschloss, sich auf ihre Intuition zu verlassen und ihre inneren Vorbehalte aufzugeben. „Eine wirklich gute Freundin habe ich noch nie gehabt", sagte sie dann nachdenklich. „Ja, ich denke, das würde ich mir auch wünschen." Susi winkte dem Kellner: „Darauf müssen wir trinken. Und Hunger hab ich auch schon." Sie bestellte zwei Glas Sekt und ein paar Lachsbrötchen. Kurze Zeit später stießen die beiden miteinander an: „Auf uns", sagten sie beide nahezu gleichzeitig und sahen einander in die Augen, als sie langsam tranken.

Ein wenig später schlenderten die beiden noch über die nahe Kärntner Straße, eine der Einkaufsmeilen der Stadt. Susi blieb plötzlich wie angewurzelt an einer Auslage stehen. „Da, schau, Anja, das musst du dir ansehen. Das ist wie gemacht für dich." Anja, die auf Äußerlichkeiten wenig Wert legte und meist in Jeans und Turnschuhen herumlief, schaute genauer auf das elegante, aber doch sportlich-flotte Ensemble, das in der Auslage hing. Kurzer schwarzer Rock, dazu passender Blazer, ein dezentes aber flottes Top, dazu passende flache Pumps, alles da.

„Das musst du unbedingt probieren. Wenn du es nicht magst, musst du es ja nicht kaufen, aber anschauen solltest dich wenigstens da drin." Anja schaute skeptisch, doch Susi zog sie einfach an der Hand in den eleganten Modesalon. „Ich würde mir gern das schwarze Ensemble aus der Auslage näher ansehen", sagte Anja zu der herbeieilenden Verkäuferin. Ein Leuchten ging über deren Gesicht: „Ja klar, das ist ja wie für Sie gemacht. Ich hole es gleich in Ihrer Größe." Zehn Minuten später stand Anja vor dem Spiegel, und sie musste selbst zugeben: Es sah hinreißend aus an ihr. Sie nahm noch den Gummi aus ihrem Haar, mit dem sie ihre lange blonde Mähne normalerweise zu einem strengen Pferdeschwanz gebunden hatte, und ließ die Strähnen weich über ihre Schultern fallen.

„Hinreißend, ganz hinreißend", hörte sie da schon eine Männerstimme hinter sich. Sie drehte sich um und blickte einem eleganten Herrn im Anzug und mit dunklem sorgfältig frisierten Haar in die Augen. „Bertram P., ich bin der Geschäftsführer. Entschuldigen Sie, dass ich mich so einfach einmische, aber dieses Ensemble ist einfach wie gemacht für Sie. Wir müssten nicht das Geringste daran ändern." Anja wusste nicht recht, was sie darauf sagen sollte, aber Susi war nicht so leicht in Verlegenheit zu bringen. „Na, wenn du die Aufmerksamkeit eines so feschen Herrn damit erregst, kann da wirklich nicht viel falsch sein. Schade, dass es so teuer ist, für eine Studentin leider nicht so leicht in Reichweite." „Was studieren Sie denn, junge Dame?", fragte der Angesprochene weiter. Anja schaltete schnell. „Ich bin in Ausbildung zur Konzertpianistin. Leider hat meine Freundin recht, es wäre schön, aber das sprengt meinen Budgetrahmen bei weitem." Anja fühlte die Blicke des Geschäftsführers auf sich ruhen, daran würde sie sich wohl gewöhnen müssen, wenn sie sich femininer kleidete als bisher. „Es wäre jammerschade, sie so einfach gehen zu lassen. Unser Haus hat sich der Kunst und der Schönheit immer schon verpflichtet gefühlt, und in besonderem Maße muss das natürlich dem künstlerischen Nachwuchs gelten. Lassen Sie mich sehen

… Fünfhundert für das ganze Ensemble? Würde es das Ihren Möglichkeiten näher bringen, junge Dame?" Anja schaute unschlüssig drein, doch Susi war offenbar nichts peinlich, sie hatte eben ein wunderschönes Seidenhalstuch in einem dunklen Rotton von einem Ständer gezogen und drapierte es um Anjas Schultern. „Was denken Sie?", flirtete sie den Geschäftsführer an der Grenze zur Unverschämtheit an. „Das würde es doch perfekt machen, nicht wahr?"

Der Geschäftsführer hob die Hände. „Ich kapituliere vor so viel weiblichem Charme und Geschäftssinn. Fünfhundert mit dem Tuch, ohne wäre es wohl nicht perfekt." Anja musste sich sehr zusammenreißen, nicht laut herauszulachen. Sie war sich tatsächlich nicht bewusst gewesen, wie leicht sie ihre – laut Spiegelbild zweifellos vorhandenen – weiblichen Reize zu ihrem Vorteil nutzen konnte. Sie tauschte unmerklich einen Blick mit Susi aus, die nickte. Mehr war da wohl nicht mehr zu holen. „Ich muss mich bei Ihnen bedanken. Die Gelegenheit ist wohl tatsächlich gut, und durch Ihr großzügiges Angebot kann ich es in meinem Budget gerade noch unterbringen. Ja, ich denke, ich nehme es." „Immer gerne, ich freue mich, dass wir einen Weg gefunden haben, und vielleicht behalten Sie ja unser Haus in Erinnerung, wenn Sie Ihre ersten internationalen Erfolge feiern." Doch Anja war schon in die Umkleide zurückgekehrt und hatte wieder ihr Alltagsgewand angezogen.

Kaum waren sie wieder auf der Straße, prustete Anja laut heraus. „Du bist doch wirklich die allerärgste, Susi. ,Ohne dieses Tuch wäre es doch nicht perfekt, oder?'" Susi lächelte verschmitzt. „Ohne deine perfekte Figur hätte es aber nicht funktioniert. Ich glaub, Anja, du bist dir deiner Wirkung noch überhaupt nicht bewusst. Daran müssen wir noch arbeiten. Aber nicht mehr heute, ich bin schon spät, ich hab noch ein Date. Wir sehen uns auf jeden Fall bald wieder. Und zieh das zum Notar an und probier aus, was passiert." Damit gab sie der verdutzten Anja noch einen Abschiedskuss auf die Wange und war im Gewühl verschwunden. Anja setzte sich noch eine Weile auf eine nahe Bank und genoss die warme Sonne, bevor sie sich wieder auf den Weg zu ihrer Wohnung machte.

Beim Notar

Ein paar Tage später war der Termin beim Notar. Anja beherzigte also den Rat Susis, zog das neue schwarze Ensemble an – das Tuch ließ sie allerdings weg, ohne schien es ihr den Auftritt als trauernde Tochter besser zu unterstreichen – und machte sich zu Fuß auf den Weg zu der in der Nähe befindlichen Kanzlei. Der Weg führte sie über die Neubaugasse, eine der Flaniermeilen der Wiener Bobo-Subkultur, die auch an diesem sonnigen Donnerstagvormittag überraschend belebt war. Zum ersten Mal machte sie sich dabei die Präsenz bewusst, die sie allein durch ihr Aussehen erreichte und die sie durch ihr Verhalten gezielt verstärken oder abschwächen konnte. Ihr blondes Haar trug sie nicht wie üblich zu einem Pferdeschwanz gebunden, sondern nur mit einem Reifen zurückgesteckt, es floss weich über ihre Schultern und milderte den harten Ausdruck ihres eher kantigen Gesichts, ein wenig Make-up tat ein Übriges.

Die Frauen, denen sie allein oder in Grüppchen begegnete, ließen ihr zum Teil aufmunternde, aber zum größeren Teil neidvolle Blicke zukommen. So mancher Mann in weiblicher Begleitung handelte sich einen tadelnden Blick oder gar einen Knuff seiner Begleiterin ein, als er sie gar zu offensichtlich anstarrte, was sie stets mit einem amüsierten Lächeln in Richtung der Dame quittierte. Doch bei den Herren, die allein unterwegs waren, schienen die Hemmungen wenig ausgeprägt – und des waren sicher nicht alle Single, die ihr unverhohlen nachstarrten. Einige fühlten sich von den ermunternden Blicken, die Anja an ihnen ausprobierte, gar ermuntert, sie direkt anzusprechen. Die affigeren unter ihnen ignorierte sie einfach, doch zwei, drei nette bedachte sie mit einer höflichen, aber unverbindlichen Antwort („tut mir leid, jetzt geht es gerade nicht, ich bin unterwegs zu einer Verabredung"), was einen aber nicht daran hinderte, ihr mt den Worten „na, wenn du mal Zeit hast, dann melde dich doch" eine Visitenkarte in die Hand zu drücken, die sie unbeachtet in ihre Handtasche steckte.

Schließlich erreichte Anja das Haustor eines stilvoll renovierten Gründerzeithauses, in dem die ehemaligen Wohnungen, nach den Messingtafeln am Eingang zu schließen, allesamt an Freiberufler vermietet waren. Zwischen Tafeln von Ärzten, Anwälten und Architekten fand sie auch das Schild des Notars (1. Stock rechts), der Klingelknopf war offenbar direkt mit dem Summer der Torschließanlage verbunden. Als sie schließlich nach drei Treppen (Hochparterre, Mezzanin, 1. Stock) vor der zweiflügeligen Tür der Kanzlei stand, bereute sie, nicht den Aufzug genommen zu haben. Sie wartete also, bis sich ihr Atem wieder beruhigt hatte, bevor sie die Klingel an der Video-Sprechanlage drückte. Doch statt des erwarteten Türsummers wurde die schwere Türe von einer jungen Dame geöffnet.

Anja fühlte sich wieder einmal von Kopf bis Fuß taxiert. Doch das Ergebnis schien zu überzeugen, mit den Worten „Frau W? – Kommen Sie doch herein, Sie werden bereits erwartet" trat die Sekretärin zur Seite und gab den Eingang frei. Anja war es, als betrat sie eine eigene Welt, die hauptsächlich aus weißer Wandfarbe und einer Möblierung aus Glas, Stahlrohr und schwarzem Leder zu bestehen schien. Dazu Kunstdrucke an den Wänden, die Gebäude aus Glas und Stahl in schwarzweiß zeichneten. Das akzentlose Grau des Kostüms, das die Sekretärin trug, fügte sich nahtlos in diese – wie Anja fand – Inszenierung professioneller Geschmacklosigkeit.

Als sie der Sekretärin in das Büro des jungen Substituten folgte – ihr Fall war wohl für die Aufmerksamkeit des Herrn Notar zu gewöhnlich – war Anja angenehm überrascht. Äußerlich passte er zwar gut in diese aalglatte Umgebung, aber sein Blick war offen, das gewinnende Lächeln, mit dem er sie empfing, schien ehrlich. Er kam hinter seinem Schreibtisch hervor. „Guten Morgen Frau W., ich darf Ihnen gleich einmal auch im Namen des Herrn Notar zum Tod Ihrer Mutter unser herzliches Beileid aussprechen, es ist tragisch, dass wir uns unter diesen Umständen kennenlernen." „Danke", sagte Anja mechanisch und setzte sich auf den angebotenen Stuhl. Stahlrohr, schwarzes Leder, gut dass sie Strümpfe angezogen hatte. „Ich bin übrigens Dr. Bernd N., ich bin in der Angelegenheit Ihres Verlassenschaftsverfahrens Ihr Ansprechpartner unserer Kanzlei. Darf ich Ihnen Kaffee anbieten?"

Schließlich war der Kaffee serviert, Dr. N. Kam endlich zur Sache. Sie hörte nur mit halbem Ohr zu, es gab keine Überraschungen. Die Wohnung würde ihr überschrieben werden, der Kredit war durch die Lebensversicherung ihrer Mutter getligt, es blieb noch eine ansehnliche Summe, wie der Notar sich ausdrückte. Als er sich anschickte, ihr einen Berg Papier „für die Bank" in die Hand zu drücken, fragte sie nur: „Wäre das möglich, dass Ihre Kanzlei das für mich erledigt?" Ein Leuchten ging über das Gesicht des jungen Mannes, das wohl vermutlich mehr mit dem zusätzlichen Honorar zu tun hatte, das dafür fällig werden würde, als mit ihr. Er ging routiniert zu seinem Schreibtisch, drückte die Sprechtaste: „Kannst du bitte gleich Vollmachten für Frau W. Hereinbringen? Bankguthaben, Lebensversicherung, Grundbuch." Dann kam er zu Anja zurück, in der Hand noch ein einzelnes loses Blatt. Sie erkannte die Handschrift ihrer Mutter.

„Das hat Ihre Mutter im Testamentsregister hinterlegen lassen. Für das Verlassenschaftsverfahren ist es ohne Belang, ich habe aber die Pflicht, es Ihnen dennoch zu übergeben. Ich bin überzeugt, es hat für Sie eine Bedeutung." Anja nahm das Blatt aus seinen Händen und las:

Liebe Anja,

tu bitte, was ich dir seit dem Jahr deiner Geburt hundert Mal gesagt habe: Blicke nicht in den Spiegel, sondern dahinter. Zähle die weißen, zieh die schwarzen ab.

Urteile nicht zu hart. Was ich tat, tat ich für dich und in Liebe.

Deine Mutter

Anja kam nicht dazu, über den Sinn dieser Worte nachzudenken, denn die Sekretärin kam mit einem neuen Stoß Papier herein. Sie steckte das Stück Papier also in ihre Handtasche, verzichtete auf weitere Erklärungen („Das Wesentliche haben Sie mir nahegebracht, ich vertraue darauf, dass Sie die Sache in meinem Sinn abwickeln werden") und machte sich daran, gefühlte hundert Mal ihren Namen unter die Schriftstücke zu setzen, die ihr vorgelegt wurden. Schließlich schien es geschafft, Anja erhob sich. „Danke noch einmal für alles, Herr Dr. N." Doch statt sich zu verabschieden, setzte er ein gewinnendes Lächeln auf. „Darf ich Sie als kleine Entschädigung für die viele Mühe, die Sie hatten, vielleicht noch zu einem Mittagessen einladen? Hier ganz in der Nähe gibt es einen wunderschönen Gastgarten, das Wetter ist ideal, es wäre mir ein Vergnügen, Sie dorthin zu begleiten." Anja blieb äußerlich unbewegt, doch jetzt war es deutlich: Der Jäger in ihm war erwacht. Spontan entschloss sie sich, anzunehmen und abzuwarten, was passieren würde. Soweit sie das überblickte, hatte sie jederzeit in der Hand, wie weit die Sache gehen würde. Sie schenkte ihm also eines ihrer frisch eingeübten aufmunternden Lächeln. „Von Herzen gern, es wäre mit ein Vergnügen, in so angenehmer Gesellschaft zu speisen."

Als Anja im Vorzimmer auf den jungen Herrn Doktor wartete, konnte sie nicht umhin, die gedämpften Stimmen aus dem Nebenraum mitzuhören, da die Polstertüre nicht ganz geschlossen, sondern nur angelehnt war. „Wünsch mir viel Glück, und rechne heute nicht mehr mit mir", waren die letzten Worte des jungen Mannes, die sie mithörte, bevor er mit einem „Na dann, wollen wir?" In den Flur trat und ihr die Ausgangstüre aufhielt. Nun, ganz so einfach, wie sich das der Herr Doktor vorstellte, würde sie ihm das heute nicht machen. Selbst wenn er ihr nicht übel gefiel; Es eilte ja nicht.

Erste Erfüllung

Anja schaute einigermaßen überrascht, als Sarinya, ihre bereits vertraute Masseurin, sie nicht wie üblich in einen der eher sterilen Massageräume führte, sondern in einen abgedunkelten Raum, der nur vom Schein zahlloser Teelichter erhellt wurde. Der Raum wirkte gediegen, einige buddhistische Versatzstücke dekorierten den in warmen Farben ausgemalten Raum, die Massageliege war nicht mit dem üblichen Rollpapier belegt, sondern mit einem frischen, fast schwarzen Laken bezogen.

„Und was wird das jetzt? Ich habe normale Massage gebucht wie immer", sagte Anja. Sarinya machte ein geheimnisvolles Gesicht und presste zwei Finger auf den Mund. „Pssst", sagte sie dann, „Geschenk von mir zu deinem Geburtstag." Genau genommen stimmte das nicht ganz, vor einigen Tagen war eine junge Dame mit pechschwarzem Haar im Studio aufgetaucht, die sich nach Anja erkundigt und schließlich für dieses Upgrade bezahlt hatte. Doch sie hatte darum gebeten, Anja gegenüber nicht genannt zu werden. Nun, Sarinya war es gleichgültig. Anja schien die Geschichte zu schlucken, Sarinya war gerade erst von einer Reise in ihre Heimat zurück, die beiden hatten einander schon länger nicht gesehen. „Wenn du es möchtest." Anja schaute immer noch verdutzt. „Wenn ich – was genau – möchte?", fragte sie vorsichtig. „Das Ambiente ist toll,

45

aber was genau hast du vor?" „Lass dich überraschen, lass dich von mir führen", gab Sarinya leise zurück. „Du bestimmst, wie weit ich gehe, wenn es dir zu viel wird, sag einfach ‚genug', ich runde die Sache dann schon ab. Komm, geh erst mal duschen." Ehe Anja etwas darauf sagen konnte, hatte Sarinya sie schon in den hinteren Teil des Raumes geführt, wo eine große mit einer Glaswand abgetrennte Dusche auf sie wartete. „Du kannst hier ablegen", lächelte Sarinya.

Als Anja wieder aus der Dusche trat und sich suchend nach einem Handtuch umsah, war Sarinya schon zur Stelle und umfing sie mit einem vorgewärmten, flauschigen Badetuch von riesenhaften Ausmaßen. Die verdutzte Anja ließ es einfach geschehen, dass Sarinya sie ohne Hast sorgfältig abtrocknete. „So komm", sagte sie schließlich und führte Anja zu der frei stehenden Liege, über der ein großer Spiegel an der Decke montiert war. „Einfach so, kein Slip?", fragte Anja. „Wozu?", gab Sarinya zurück, ich werde während der Zeremonie auch nackt sein. Damit ließ sie den lose gebundenen Morgenmantel, den sie trug, zu Boden gleiten. „Komm, leg dich erst auf den Bauch, wir müssen uns ja auch um deine verspannten Schultern kümmern."

Der erste Teil der Massage verlief relativ konventionell, bald war Anja auf dem Bauch liegend in ihren üblichen Halbschlaf verfallen, in dem sie auch sonst die Massagen genoss. Sie liebte es, dabei vollkommen abzuschalten. Sie schreckte auf, als Sarinya sie sachte an der Schulter stupste. „So, jetzt umdrehen bitte." Zum Glück hatte Anja sich am Morgen noch frisch rasiert, sie hatte nicht damit gerechnet, sich hier ganz entkleiden zu müssen, die Stoppel ihrer Schambehaarung wären ihr jetzt peinlich gewesen. Sarinya legte die übliche Stützrolle unter Anjas Knie, doch dann nahm sie sachte ihre Arme und legte sie hinter ihren Kopf. Ein wenig Angst stieg in Anja auf, als sie fühlte, wie sich Manschetten um ihre Handgelenke schoben. „Du kommst jederzeit leicht heraus, es ist mehr symbolisch.

Möchtest du, dass ich dir die Augen abdecke, oder möchtest du dich sehen?" Anja schluckte. Was hatte Sarinya vor. „Nein, ich möchte es sehen"; sagte sie schließlich. „Wie du möchtest, du kannst dich jederzeit umentscheiden. Und jederzeit ‚genug' sagen. Vertrau mir einfach. Nur eines noch: Bist du noch Jungfrau?"

Anja fragte sich nicht zum ersten Mal, wofür diese ständig präsente Frage wichtig sein sollte. Es hatte noch nie in ihrem Leben irgend eine Rolle gespielt, sie wusste von ihrer Frauenärztin, dass ihr Hymen schon lang eingerissen war, und selbst der einzige Mann, den sie schon gehabt hatte, hatte sich dafür nicht interessiert. Viel mehr interessierte sie, wofür das jetzt von Bedeutung sein sollte, auch wenn sie langsam eine Vorahnung entwickelte. „Nein, Sarinya", sagte sie lächelnd. „Aber sei bitte trotzdem vorsichtig." Die ältere Frau nickte, als sie ihre Hände mit frischem warmen Massageöl füllte und sich sanft auf Anjas Bauch zu schaffen machte.

Anja sah eine Weile fasziniert zu, wie Sarinya ihren Körper liebkoste und dabei langsam, aber doch bestimmt ihre intimsten Stellen mit einbezog. Das Gefühl war jetzt schon überwältigend, wenngleich Anja eine Weile brauchte, ihre natürliche Scham zu überwinden und sich in Gegenwart der Frau ganz zu öffnen und fallen zu lassen. Doch schließlich bat sie darum, ihr die Augen zu bedecken, sie wollte sich ganz auf ihre körperlichen Empfindungen einlassen und nicht durch das Spiegelbild abgelenkt sein. Sarinya legte ihr also ein schwarzes Tuch locker über die Augen und setzte ihre delikate Behandlung dann fort. Anja fühlte sich ganz ähnlich wie während ihres Erlebnisses mit Markus, nur dass sie diesmal frei war, ihren eigenen Gefühlen nachzuspüren. Sie ließ sich also einfach treiben, spürte kaum, wie Sarinya sie mit ihren kundigen Fingern gefühlvoll stimulierte. Sie folgte immer williger der Führung der älteren Frau, die sich in den sparsamsten aller möglichen Gesten ausdrückte.

Und dann ging alles sehr schnell. Anja wurde plötzlich von ihrer Lust vollkommen überwältigt, als Sarinya sie mit zwei Fingern sachte, aber bestimmt penetrierte. Die andere Hand hatte eine ihrer bereits fast schmerzend steifen Brustwarzen umfasst. Plötzlich fühlte sie, wie sich in ihrem Innersten erst leichte, dann immer stärkere Kontraktionen aufbauten, ihr gesamter Körper sich dabei spannte und fast überstreckte und schließlich von innen her von einem Beben einer Intensität geschüttelt wurde, die sie vollkommen unvorbereitet traf und überrollte. Sie zerrte ein wenig an ihren Handfesseln, bevor sie es schaffte, vollkommen loszulassen und sich einfach immer weiter und weiter treiben zu lassen, über die Wellenberge und Wellentäler, die ihr Sarinya durch winzige Änderungen in der Stimulation zu bereiten wusste. Erst, als sie bemerkte, dass Anja vor lauter Keuchen und Anstrengung kaum noch Luft bekam, ließ Sarinya die Stimulation langsam verebben, sodass Anja schließlich sanft wieder im Hier und Jetzt landete. Sarinya nahm ihr vorsichtig die Augenbinde ab, erst jetzt realisierte Anja, dass sie immer noch keuchte und ihr Körper von Schweiß überströmt war.

Sarinya lächelte sie an, als sie Anjas Hände aus den Schlaufen hinter ihrem Kopf befreite. Die beiden Frauen sahen einander lange in die Augen. „Danke, Sarinya", schaffte es Anja schließlich zu flüstern. Sarinya legte ihr sachte eine Hand auf den Unterbauch und die Vulva. „Ich danke dir, dass du mein Geschenk angenommen hast. Du ehrst damit meine Kunst." Anja massierte ihre Handgelenke und setzte sich vorsichtig auf. Sie brauchte Sarinya nicht zu fragen: Sie wusste selbst, was sie da soeben erlebt hatte, was sie – noch unbewusst – bei ihrem ersten Mal mit Markus schmerzlich vermisst hatte. „Es war überirdisch schön und intensiv, ich danke dir noch einmal. Aber sag mir eins, Sarinya …" „Ja, Anja, frage nur", gab diese zurück. „Kann man eine ebensolche Intensität auch erreichen, wenn man mit einem Mann zusammen ist?" Sarinya schwieg eine Weile. „Darauf gibt es keine allgemein gültige Antwort, Anja", sagte sie dann. „Wenn der Mann weiß, was er tut, und du es schaffst, dich in seiner Gegenwart auch darauf einzulassen, dann ist es möglich. Aber so manche versäumt sich ein Leben lang auf der Suche danach." Anja sah ihr genau in die Augen. „Und hast du es schon erlebt, Sarinya", wagte sie schließlich zu fragen. „Ja, das habe ich", antwortete diese ohne Zögern. „Doch der, mit dem ich es erlebt habe, lebt weit von hier, darum ist es jedes Mal wieder eine Besonderheit. Doch ich möchte es nicht anders, es ist meine freie Entscheidung."

Anja sagte nichts darauf, Sarinya half ihr von der Liege, und es schien das Selbstverständlichste der Welt, dass die beiden Frauen gemeinsam die Dusche betraten. Sorgsam wusch Sarinya Anja den Schweiß ab, hüllte sie dann wieder in ein großes Badetuch und trocknete sie sorgfältig ab. Dann stellte sich Sarinya vor Anja hin, faltete ihre Hände zum Namaste und verneigte sich. „Du hast heute einen kleinen Einblick bekommen, was unser Haus abseits klassischer Massage noch anbietet. Wenn du auf dieses oder ein anderes Ritual wieder einmal Lust hast, sag es einfach an der Rezeption. Aber natürlich stehe ich dir auch weiter für deine normale Wirbelsäulenmassage zur Verfügung." Ehe Anja antworten konnte, war Sarinya bereits verschwunden. Sehr nachdenklich zog sich Anja an, packte ihre Sachen und verließ das Studio.

In der Klavierstunde

„Pause, Zigarette?", fragte Kai, nachdem Anja eine, wie sie fand, ziemlich wilde, unkontrollierte und in ihren Augen fragwürdige Interpretation von Debussys „Gollowoggs Cakewalk" hingelegt hatte, ein für das Repertoire unbedeutendes Stück, das man hauptsächlich für Zugaben und spontane Kostproben seines Könnens parat hielt. Kai ließ sie die vier, fünf Stücke, die sie für diesen Zweck ständig auswendig parat haben sollte, gelegentlich unangekündigt vorspielen. „Du weißt im Konzertbetrieb auch nie, wann du sie brauchen wirst. Wichtig ist, sie ohne Angst und Scheu hinzulegen, nicht einmal der schärfste Kritiker mäkelt an einer Zugabe herum."

Doch heute schien ihm etwas aufgefallen zu sein, eine Zigarette war niemals nur eine Zigarette, da ging es meist um Grundlegendes. Anja stand also gehorsam auf, ging zu dem großen Sofa hinüber, auf dem er beim Unterricht meist saß – er unterrichtete niemals an der Seite der Schülerin am Klavier – und nahm einen Zug von der starken würzigen Zigarette, die er ihr hinhielt. Sie wartete ab. „Irgend etwas ist heute anders. Du klingst, als hättest du – hmmm, ja – als hättest du deine Unschuld verloren. Hast du?" Anja wurde puterrot. An seine absolute Distanzlosigkeit im Unterricht hatte sie sich über die Jahre schon gewöhnt, aber sexuelle Themen hatte er bislang gemieden. Nervös griff sie wieder nach der Zigarette und nahm ein paar tiefe Züge.

„Das kannst du unmöglich gehört haben, Kai. Ich gebe zu, der Gollywogg war nicht gut, aber einen solchen Zusammenhang herzustellen, tut mir leid, aber das ist lächerlich." Kai nickte anerkennend. „Er war nicht einmal schlecht, nur riskant. Was bei einer Zugabe egal ist, nach einem wirklich gelungenen Konzert kann das so sehr gut rüberkommen. Aber …", er nahm nun auch selbst einen Zug von der Zigarette. „Den Zusammenhang habe nicht ich hergestellt. Doch dass du das Wort ‚Unschuld' so verstanden hast, verrät mir, dass ich nah dran bin." Anja schaute ihn giftig an, den alten Trick hätte sie eigentlich durchschauen müssen. „Du Schuft, hast mich wieder mal drangekriegt. Künftig werde ich auf der Hut sein." Kai lächelte. „Red drüber. Du weißt, ich kann nur mit voller Offenheit mit dir arbeiten." Anja schluckte. Kai verschob ihre Grenzen so mühelos, doch immer, wenn sie nah daran war, ein „bis hierher und nicht weiter" zu behaupten, schaffte er es, dass es ihr an dieser Stelle lächerlich erschien und viel erwachsener, sich ihm anzuvertrauen. Also erzählte sie ihm die Geschichte von Markus und von ihrem Erlebnis bei Sarinya.

„Gut", sagte er, und sein Blick ging ihr auf einmal durch und durch. Anja wurde an dieser Stelle schlagartig klar, dass Kai sie begehrte. Doch er ließ diese Gelegenheit ungenutzt verstreichen. „Gut, du bist also jetzt eine Frau und kein Mädchen mehr. Da trifft es sich gut, dass wir gerade an Chopins Cis-Moll-Nocturne arbeiten. Setz dich hin, versetze dich einen Augenblick in diese gestrige Situation, die Phase, wo das Verlangen überdeutlich war, aber du noch nicht wusstest, worin genau die Erfüllung bestehen wird." Sie arbeiteten eine Stunde lang konzentriert an den subtilen Nuancierungen dieses heiklen Stückes, bei dem es keine Möglichkeit gab, interpretatorische Armseligkeit durch technische Brillanz zu überdecken. Schließlich war Kai zufrieden. „Schluss für heute."

Anja stand auf. „Aber sag mir noch eines, Kai", fragte sie ihn zum Abschied. Er sah sie nur fragend an. „Woran hast du es wirklich bemerkt. Der Debussy war es jedenfalls nicht." Er seufzte. „Ja, es wärst nicht du, wenn du es nicht genau wissen wolltest, nicht wahr?" Anja wartete. „Es war schon beim Hereinkommen. Du warst gleichzeitig unkonzentriert, aber voller Tatendrang, so wie wenn du eine innere Barriere gerade überwunden hättest. Was es war, war natürlich geraten." Kai sah ihr lange nach, als sie die Wohnung verließ und wortlos die Türe geräuschvoll geschlossen hatte. Anja war richtig, dachte er, in der von ihrer Mutter gedrillten braven Hülle ein wildes, ungestümes Rennpferd. Cosima hatte sie nicht gebrochen.

Er gähnte, als es läutete und eine neue Schülerin zum Vorspiel kam. Zwanzig Minuten später war diese wieder draußen. Kai war heute nicht in Stimmung, sich mit bemühter Mediokrität abzugeben.

Hinter den Spiegel schauen

„Genug jetzt, ich habe Hunger." Mit diesen Worten schloss Anja den Deckel ihres Klaviers. Susi, ihre neu gewonnene

Freundin, war seit dem frühen Nachmittag bei ihr und hatte sich sehr neugierig gezeigt, was Anjas Klavierspiel anbelangte. Sehr zu Anjas Überraschung war die junge Frau sehr informiert, was Klavierliteratur anbelangte, und wusste auch durchaus kompetente Anmerkungen zu Anjas Spiel und Vergleiche zu anderen Interpreten herzustellen, mit denen sich Anja niemals zu vergleichen gewagt hätte. Bisweilen fiel Susis kompetentes Urteil sehr freundlich für sie aus.

„Na, wenn du Hunger hast, müssen wir Essen beschaffen", kommentierte Susi und tippte schon auf ihrem allgegenwärtigen Mobiltelefon herum. „Worauf hast du Lust? Indisch? Pizza? Italienisch? Klassisch?" Anja zuckte mit den Schultern, es war ihr nicht sonderlich wichtig. „Such dir was aus, Susi." Diese fackelte nicht lange und entschied sich für eine Variation aus italienischer Pasta. „Hast du Wein im Haus?" Anja schüttelte den Kopf, sie hatte sehr wenig im Haus, sie liebte es, an den Abenden, die sie allein verbrachte, in den Lebensmittelläden der Umgebung gustieren zu gehen und sich spontan zu entscheiden. Susi bestellte also auch noch eine Flasche Rotwein dazu.

„Vom Notar musst du mir noch erzählen", schnatterte sie darauf los, als die Bestellung abgesetzt war, sie würden eine Stunde warten müssen. „Vom Notar oder von meinen Erlebnissen beim Notar?", fragte Anja zurück und lächelte verschmitzt. „Wenn ich wollen hätte, hätte ich noch am selben Nachmittag einen Aufriss machen können." „Und warum hast du nicht?", frage Susi zurück. „Er war sich zu sicher", antwortete Anja. „Und außerdem, er läuft mir ohnehin nicht weg." Sie spielte mit einer Visitenkarte herum, die sie aus ihrer Handtasche nahm. „Per du sind wir immerhin schon." „Pfffft", machte Susi. „Du scheinst schnell von Begriff. Aber was ist das hier?" Ein unscheinbarer Zettel war aus der Handtasche herausgefallen. „Ach das", sagte Anja. „Ein Zettel meiner Mutter, der ihr wichtig genug war, ihn im Testamentsregister zu hinterlegen.

Aber nichts außer ihren üblichen gestelzten Ermahnungen. Aber vielleicht fängst ja du etwas damit an?"

Susi nahm den Zettel und las den Text aufmerksam:

Liebe Anja,

tu bitte, was ich dir seit dem Jahr deiner Geburt hundert Mal gesagt habe: Blicke nicht in den Spiegel, sondern dahinter. Zähle die weißen, zieh die schwarzen ab.

Urteile nicht zu hart. Was ich tat, tat ich für dich und in Liebe.

Deine Mutter

„Hmmm, schwierig", meinte sie nach einer Weile. „Aber wenn es nichts bedeutet, warum hat sie dann Geld dafür ausgegeben, es dir sicher zukommen zu lassen? So wie du sie mir schilderst, neigte sie weder zu Verschwendung noch zu Irrationalität." Eine Weile schauten die beiden einander ratlos an. „Was hältst du davon, wenn wir mal versuchen, das ganze wörtlich zu nehmen, statt nach irgend einem verborgenen Sinn zu grübeln. Gibt es hier in der Wohnung Spiegel?" „Natürlich", antwortete Anja. „Wir brauchen welche, wo man dahinter schauen kann." Sie begannen im Vorzimmer, doch der große Wandspiegel schien fest montiert zu sein. „Bevor wir das Stemmeisen holen, suchen wir mal weiter", witzelte Susi. Im Badezimmer befand sich der Spiegel auf einem Spiegelschrank, dahinter befanden sich nur weiß belege Spanplatten. Hier kamen sie nicht weiter.

Im großen Schlafzimmer, das ihre Mutter bewohnt hatte, war der dominante Spiegel auf einem Segment des Einbaukastens aufgeklebt. Im Kasten befand sich nur fein säuberlich gehängtes Gewand. Doch plötzlich fiel Anjas Blick auf eine Serie von ovalen, goldgerahmten Bildern, die scheinbar regellos an den

Wänden des Schlafzimmers verteilt waren. Anja wusste, sie zeigten verschiedene Motive aus den grimmschen Märchen, ihre Mutter hatte sie nach dem Vorlesen bisweilen hochgenommen und ihr das Bild gezeigt, das zu der gerade gelesenen Geschichte passte.

Anja erinnerte sich: Eines der Bilder zeigte ein Motiv aus Schneewittchen. Wo war das Bild nur? Sie ließ den Blick schweifen, schließlich fand sie es über dem Nachtkästchen, das ihre Mutter benutzt hatte. Und tatsächlich: Das Bild zeigte die eitle Königin, die das Spieglein an der Wand befragte. Und im Bild war tatsächlich ein winziger Spiegel eingearbeitet. „Komm hilf mir mal, Susi", rief Anja aufgeregt. Bald hatten die beiden herausgefunden, wie man das Bild abnehmen konnte. Und tatsächlich: Dahinter befand sich nicht die nackte Wand, sondern eine Nische, in der man die Tür eines Mauertresors erkennen konnte.

Die Türglocke riss die beiden aus ihrer Suche. „Das hier läuft uns nicht davon", meinte Susi und öffnete dem Boten die Wohnungstür. Wenig später saßen die beiden beim Abendessen. „Außerdem haben wir noch eine kleine Aufgabe vor uns: Die Kombination des Zahlenschlosses herausfinden. Aber jetzt iss, die Pasta ist köstlich." Anja schaffte es, die halb gelöste Aufgabe beiseite zu schieben und sich auf das Abendessen und den Wein zu konzentrieren. Erst als beide fertig waren, nahm sie den Zettel wieder zur Hand. „Seit dem Jahr meiner Geburt hundert mal gesagt, hmm. Und die weißen nehmen und die schwarzen abziehen. Sehr wirr." Susi war hingegen nicht aus der Ruhe zu bringen. „Fangen wir mal mit deinem Geburtsjahr an: 2001, nicht wahr?" Anja nickte. „Aber was könnten die weißen und die schwarzen sein?" „Hmm, die Tasten auf dem Klavier sind weiß und schwarz. Hilft uns das weiter?" „Aber ja, wie viele sind es denn? Gibt es mehr weiße als schwarze?" Anja überlegte und zählte im Geiste nach. „Ja schon, aber warum ist das wichtig?" „Zähle die weißen, ziehe die schwarzen ab. Das gibt nur Sinn, wenn es mehr weiße sind." „Also gut, gehen wir zählen", schlug Anja vor. Bald hatten sie heraus, dass das Instrument 52 weiße und 36 schwarze Tasten hatte. „Na, 52 weniger 36, das gibt?" „16", antwortete Anja, „aber was hilft uns das weiter?"

Sie gingen zurück ins Schlafzimmer, Susi musterte den Safe genauer. Auf der Vorderseite befand sich ein Bedienpaneel mit Zifferntasten von 1 bis 0, einer * und einer # Taste. „Wie ein Telefon", meinte Susi. „Wie könnten wir das, was wir wissen, jetzt zu einem Code kombinieren? Wie viele Stellen brauchen wir überhaupt?" „Wir könnten einmal 16 zu 2001 dazuzählen, das gibt 2017." Sie tippte die vier Ziffern entschlossen ein, doch nichts geschah. „Und jetzt?" „Noch einmal lesen, steht noch etwas drauf? War da nicht noch was mit hundert Mal?" „Mein Geburtsjahr mal 100 vielleicht? Aber das ist eine ziemlich große Zahl." „Mit dem Rechnen hast du es nicht so, Schatz. Genau genommen ist sie sechsstellig, 200100." „Auch wieder wahr." Anja schämte sich ein wenig, doch zu Zahlen und Rechnen hatte sie tatsächlich wenig Bezug. „Wir könnten es wieder mit zusammenzählen probieren, nicht wahr? Da kommen wir dann auf 200116. Probieren wir es?" Susi drückte ein paar Mal auf die * Taste, plötzlich ertönte ein Piep. „Aaaah, wie ich mir dachte, man muss den alten Code löschen. Also los, mach du, Anja." Ohne große Hoffnungen tippte Anja den Code ein, doch es tat sich wieder – nichts. „Irgend etwas fehlt noch." Susi starrte den Tresor eine Weile unverwandt an. Dann ging ein Leuchten über ihr Gesicht, und sie drückte die #-Taste.

Die beiden Frauen erschraken, als irgend etwas im Inneren der Tresortüre zu surren begann. Doch es schien ein Motor zu sein, der die Verriegelung betätigte, nach kaum einer Sekunde hörte das Geräusch auf, und die Türe war offen. Vorsichtig öffneten die beiden sie ganz. Doch was sie sahen, verschlug Anja dann doch die Sprache. Neben einigen Schatullen, die vermutlich den Schmuck ihrer Mutter enthielten, lagen fein säuberlich gestapelte Goldbarren in verschiedenen Größen.

Die beiden starrten wohl volle zehn Minuten wortlos in den offenen Safe. „Susi, ich weiß nicht, wie ich dir danken soll, ohne dich wäre ich nicht einmal auf die Idee gekommen, dass ich nach etwas hier in der Wohnung suchen soll." Doch Susi nahm Anja einfach in den Arm und drückte sie fest: „Ich freue mich ehrlich für dich. Das, was hier liegt, ist ein Polster, groß genug, dass du dir dein Studium damit leicht finanzieren könntest, selbst wenn du keine Waisenrente bekämst. Wenn du die Matura geschafft hast, kannst du dich sorglos ganz der Musik widmen. Und die Wohnung gehört dir ja auch noch schuldenfrei … Schatz, ich denke, du bist das, was man eine gute Partie nennt." Damit legte sie Anja einfach die Hände auf die Schultern und gab ihr einen ziemlich feuchten Kuss mitten auf den Mund.

Stufe 3: Lust

Die Reifeprüfung

„Ich denke, wir wollen noch die dritte Frage hören, Herr Kollege." Die Stimme des Vorsitzenden war beiläufig, er blätterte uninteressiert in irgendwelchen Akten. Es war totenstill in dem schmucklosen großen Saal der Handelsakademie, in dem die mündlichen Abschlussprüfungen abgehalten wurden. Anja hatte ein kurzes Flashback zu jenem Tag, an dem sie nach der verpatzten schriftlichen Prüfung bei dem älteren, blasierten Professor mit dem grauen Knebelbart wegen der Zusatzprüfung vorgesprochen hatte. „Es könnten auch nur drei sein", hatte er vieldeutig angemerkt, nachdem er ihr eine Liste mit 30 Themenbereichen in die Hand gedrückt hatte, aus denen er prüfen würde. Anja hatte darauf nicht sichtbar reagiert, erst später, als sie Susi davon erzählte, war ihr selbst klar geworden, was das bedeutet hätte.

Da kamen schon die Worte des Professors in seinem grauen Dreiteiler, er blickte durch seine runde Nickelbrille auf sie, sein ergrauter Knebelbart wie immer perfekt getrimmt. „Frau W., erklären Sie uns bitte den Unterschied zwischen Rücklagen und Rückstellungen." Anja hatte Glück, auf diese Frage war sie gut vorbereitet. Routiniert spulte sie die genau einstudierte Antwort ab, beantwortete auch die erwartbare Zusatzfrage des Vorsitzenden, was denn dann der Unterschied bei der Auflösung der beiden Bilanzpositionen sei, nickte leicht, als das „Danke, keine weiteren Fragen mehr" die Prüfung beendete und verließ den Saal.

Susi fiel ihr um den Hals, als sie Anjas Ausdruck sah. „Und?", fragte sie dann. „Wurde nicht bekannt gegeben, aber der Vorsitzende wollte die dritte Frage, und die konnte ich gut. Sollte also reichen. Das Ergebnis erfahren wir in einer Stunde, es kommen noch drei oder vier dran. „Na dann, gehen wir rüber ins Café und schauen uns derweil die TU-Studenten an?" Anja kicherte, als sich die beiden auf den kurzen Weg in den nahe gelegenen Park machten und sich in den Garten des Cafés setzten, das dem Haupteingang der technischen Universität der Stadt gegenüber lag. Anja spürte, wie in dem kindischen Gekichere mit ihrer besten Freundin, als die sie Susi mittlerweile betrachtete, die Anspannung der letzten Wochen von ihr abfiel. In einer Stunde würde sie das Zeugnis in Händen halten, das den Abschluss ihrer kaufmännischen Ausbildung markierte, und sich auf das konzentrieren können, was sie sich vorgenommen hatte, zu ihrem Lebensinhalt zu machen: Das Klavier.

Die Zeremonie selbst war dann erstaunlich kurz und unspektakulär: Die zwölf Kandidaten des Nachmittags standen in einer Reihe im Festsaal der Schule, die Anja wohl an diesem Tag das letzte Mal betreten würde, ihnen gegenüber die Prüfungskommission. Es dauerte kaum 20 Minuten, bis der Vorsitzende seine salbungsvollen Worte gesprochen hatte, die zwölf Kandidaten einzeln nach vorne rief und ihnen die Mappe mit dem Zeugnis überreichte. „Anja W.", hörte sie schließlich ihren Namen, trat nach vor. „Bestanden." Sie ergriff mechanisch die Hand, die der Vorsitzende ihr reichte, nahm die Mappe. Sie suchte und fand ein letztes Mal den Blick des knebelbärtigen Professors für Rechnungswesen. Es war ihr in diesem Augenblick eine Genugtuung, dass er es war, der ihrem Blick nicht standhielt und die Augen abwandte. Anja lächelte innerlich.

„Und jetzt?", fragte Susi, als die beiden schließlich das Schulhaus verließen und in die schon tief stehende Nachmittagssonne traten. Anja blieb auf den Stufen stehen, nahm den Reifen aus ihrem Haar, breitete ihre Arme weit aus, drehte sich in die leichte Brise, die vom Wienfluss her wehte, ließ ihr Haar ein wenig fliegen und atmete tief durch. Nach einer Weile fühlte sie Susis Hand sachte auf ihrem Rücken, sie schauderte. „Was ist jetzt mit dem Jüngling aus dem Notariat?", fragte Susi sie leise von der Seite. Anja antwortete nicht gleich, sie hasste es, von ihrer Freundin so mühelos durchschaut zu werden. „Aber jetzt bist du ja extra hergekommen, ich kann dich da doch nicht einfach so stehen lassen." Schwache Antwort, damit würde sie Susi nicht in Verlegenheit bringen.

„Jetzt rufst du ihn einfach an. Wenn es nicht klappt, dann gehen wir gemeinsam aus. Und wenn es klappt …" Susi schaute verschwörerisch drein, Anja konnte sich gut denken, was jetzt kommen wird. „Wenn es klappt, gehe ich einfach Markus vögeln, ich hab ihm noch nicht zu- oder abgesagt. Wo du immer die Probleme siehst …" Susi grinste breit. Anja gab auf, nahm ihr Mobiltelefon zur Hand und wählte die Nummer. „Ja, Anja, hier, du erinnerst dich an mich, die Verlassenschaft?", flötete sie ins Telefon. Susi gab ihr ein Thumbs-up fürs du. „Ja, ich habe heute die Matura bestanden. Ich dachte, ich melde mich wieder einmal." Eine Weile Stille. „Ja, fein, heute um 20 Uhr, bei dem kleinen Lokal in der Kurrentgasse? Das wäre entzückend, ich freue mich." Als Anja auflegte, gab Susi ihr nur einen flüchtigen Kuss, dann war sie schon damit beschäftigt, mit Markus am Telefon zu flirten. Anja schüttelte nur lächelnd den Kopf, winkte ihr und machte sich auf den Heimweg.

„Gehen wir noch ein Stück gemeinsam?", fragte Bernd, als sie das Restaurant schließlich gegen 23 Uhr verließen. Anjas Wangen waren ein wenig gerötet, nicht nur von der Flasche Wein, die sie gemeinsam getrunken hatte – sie hatte auch eigentlich keine Lust, jetzt schon nach Hause zu gehen. Außerdem war sie neugierig, wie er es anstellen würde. „Gern", sagte sie nur, und legte ihre Hand artig auf den Arm, den er ihr bot. Sie sah, wie sie auch selbst fand, hinreißend aus in dem dunkelroten kurzen Kleid, das ihre schlanken, fast perfekt geraden Beine gut in Szene setzte. Gegen die Kühle der Nacht hatte sie eine schwarze Stola über die Schultern gelegt, die ihre Großmutter noch selbst gehäkelt hatte. Ihre kleine Handtasche hing an einem langen Riemen von der rechten Schulter. Scheinbar ziellos führte Bernd sie durch die Nacht, bis sie schließlich im Tiefen Graben an dem eher unspektakulären Eingang von Wiens bekanntestem Stundenhotel vorbeikamen. Anjas Herz klopfte; sie war schon lange entschlossen, doch jetzt würde das Manöver gleich kommen, sie war neugierig und ein wenig aufgeregt.

„Eine berühmte Adresse, eine Wiener Institution." Bernd blieb einfach stehen. „Was ist das", fragte Anja, mehr um ihm Gelegenheit zu geben, weiter zu sprechen. „Wiens ältestes und berühmtestes Stundenhotel. Möchtest du vielleicht einen Blick in die Halle werfen?" Anja hätte sich an dieser Stelle gewünscht, er er würde nicht so viele Umstände machen, doch andererseits fand sie sein Bemühen reizvoll. „Gern, ja", sagte sie leichthin und folgte ihm durch den Eingang in die plüschige, dunkle Halle. „Ein Vorgeschmack auf die Zimmer?", fragte sie. Er lächelte sie an. „Neugierig?", fragte er zurück. „Sie sind wirklich sehenswert." Wie um zu unterstreichen, was er eigentlich meinte, ließ er seine Hand sachte entlang ihrer Wirbelsäule ihren Rücken hinuntergleiten. „Also gut, überrasch mich", sagte sie einfach. „Auf mich wartet niemand." Sie biss sich auf die Lippe, war das jetzt zu deutlich gewesen? Doch es schien ihn nicht zu stören, er verhandelte kurz mit dem Nachtportier, legte einen Schein auf die Theke und kam mit einem Schlüssel zurück. „Na, dann wollen wir?"

Anja folgte ihm die enge Treppe hinauf in den ersten Stock, wo er zielstrebig eine Türe ansteuerte. Sie folgte ihn in den großzügigen Raum, der das Interieur des Hotels noch weit übertraf, was das Plüschige anbelangte. Anja war noch so sehr von den neuen Eindrücken gefangen, dass sie den Zimmerkellner gar nicht bemerkte, der eine Flasche Champagner in einem Kübel mit Eiswürfeln brachte. Erst das „Plopp" des Korkens riss sie wieder aus ihren Gedanken. Bernd schenkte routiniert zwei Flöten Sekt voll. „Na dann, Anja, auf deine – Reifeprüfung." Sie musste schmunzeln, als sie das Glas nahm. Auch wenn sie noch kaum Erfahrung mit solchen Situationen hatte, musste sie anerkennen, er hatte Stil und das gewisse „etwas". Sie schaute ihm in die Augen, als sie mit ihm anstieß und den kühlen perlenden Schaumwein mit langsamen Schlucken trank. Er wirkte kein bisschen unsicher, als er sein Glas auf den kleinen Tisch stellte, seine Arme weit öffnete, sich ihr näherte und mit jungenhaftem Lächeln fragte: „Du gestattest, dass ich dir näher komme?" Anja, die längst entschlossen war, sagte einfach „Ja, du brauchst nichts mehr zu fragen." Einen Augenblick später fühlte sie seine Hände an ihren Hüften und an ihrem Gesäß, während sie die ihren auf seine Schulten legte. Schon viel richtiger so, dachte sie, als sie seinen ersten zarten und doch fordernden Kuss erwiderte.

Es war schon halb neun Uhr morgens, als Anja sich nach einem ausgiebigen Frühstück müde, aber glücklich von Bernd verabschiedete. Die Nacht war intensiv gewesen, und Bernd hatte sich als erstaunlich ausdauernder Liebhaber erwiesen, dazwischen hatten sie um vier Uhr morgens die große Marmorbadewanne gefüllt und gemeinsam genossen. Und Anja hatte schließlich das erlebt, worüber sie mit Sarinya noch so unsicher gesprochen hatte: Bernd hatte ihr mit seiner Zunge und zum Abschluss dann noch einmal mit seinem Penis eine Serie von Orgasmen beschert, die zwar vollkommen anders waren als die unter Sarinya, ihren aber an Intensität um nichts nachstanden.

Anja genoss die Wärme der Morgensonne, als sie in dem für die Tageszeit unpassenden kurzen Kleid die halbe Stunde zu Fuß nach Hause ging. Sie brauchte die Zeit für sich, die frische Luft, ließ die emsige Atmosphäre auf sich wirken, die Ladenbesitzer, Zusteller und Geschäftsleute schon verbreiteten, während sie selbst an diesem Tag nichts Bestimmtes vorhatte. Und sie sann darüber nach, was an diesem bemerkenswerten gestrigen Tag eigentlich ihre Reifeprüfung gewesen war. Daheim angekommen, streifte sie das Ausgehgewand einfach ab – sie erinnerte sich an den Tag des Begräbnisses ihrer Mutter – und sah sich wieder in den Spiegel. Sie war ein wenig fülliger geworden, ihr Becken wirkte etwas breiter, die Rippen waren kaum noch zu sehen, und ihre Brüste schienen ihr fester. Die gesamte Figur schien ihr jetzt, nach einem halben Jahr, reifer, fraulicher. Zufrieden wandte sie sich ab, ging nackt, wie sie war, in das große Schlafzimmer, warf sich quer auf das Bett und war bald tief und fest eingeschlafen.

Allein zu Hause

Es war ein trüber, regnerischer Tag, Anja hatte sich nicht die Mühe gemacht, zu frühstücken oder sich anzuziehen, bevor sie sich nur im Nachthemd zur Vormittagsarbeit ans Klavier setzte. Die schlichten, aber doch so rätselhaften Gnossienne von Erik Satie, an denen sie arbeitete, passten gut zu der dunklen, melancholischen Stimmung des Tages, bald verlor sie sich in der Welt ihrer Gedanken. All die Ereignisse der letzten Monate brachen sich plötzlich Bahn , die sie über all die Mühsal der Maturavorbereitungen, über all die neuen Erfahrungen der letzten Monate nur verdrängt, aber nicht richtig verarbeitet hatte, drängten mit Macht aus ihrem Unterbewussten in ihren Verstand. Fast unwillkürlich glitt sie vom Studium des Werkes in eine freie, melancholische Improvisation, die es ihr ermöglichte, all den Unsagbarkeiten Ausdruck zu verleihen, die sich in ihr angestaut hatten. Noch einmal drängte sich das Bild der harten, strengen, dominanten Mutter in den Vordergrund, doch etwas war anders: Die Frau hatte keine Macht mehr über sie, es war da keine Angst mehr, die ihr den Blick auf das wahre Wesen dieser Frau immer verstellt hatte.

Die Bilder mischten sich mit den ersten Erfahrungen, die Anja mit ihrer eigenen Körperlichkeit gemacht hatte, mit dem Wissen, dass ihre Mutter nahezu jede Nacht damit verbracht hatte, ihren Körper in jenem Nobelbordell zu verkaufen, zahlungskräftigen Männern Lust dadurch zu verschaffen, dass sie ihnen ihre eigene Lust sorgfältig inszeniert vorspielte – und das alles nur, weil sie es mangels eines anderen Berufes nicht anders zuwege gebracht hatte, ihr, ihrer einzigen Tochter, ein einigermaßen bürgerliches Leben, eine angemessene Ausbildung und einen guten Start in ein selbstbestimmtes Leben zu verschaffen. Erst als sie nach gut einer Stunde erschöpft die Hände in den Schoß legte, merkte sie, dass sie verschwitzt vor Anstrengung, innerich aufgewühlt und tränenüberströmt am Klavier saß. Eine lange Weile saß sie einfach nur da, ließ ihren Gefühlen weiter freien Lauf, bis sich schließlich ihre elementaren körperlichen Notwendigkeiten nicht mehr weiter ignorieren ließen: Sie musste dringend auf die Toilette, und sie hatte Hunger und Durst.

Anja erledigte also, was zu erledigen war, und ging dann in die Küche. Nach einer großen Tasse Kakao und zwei Stück von dem Kuchen, den sie sich am Vortag gekauft hatte, schaute die Welt schon wieder besser aus. Sie ging also in ihr Zimmer – sie hatte es immer noch nicht geschafft, die Kästen ihrer Mutter zu sichten, auszuräumen und das große Schlafzimmer für sich in Besitz zu nehmen – und warf das verschwitzte Nachthemd achtlos zu Boden. Sie betrachtete sich wieder einmal im Spiegel: Das Bild, das sich ihr bot, war jämmerlich. Das Haar verfilzt, Stoppeln von Haar auf der Vulva und den Beinen, dazu das blasse verweinte Gesicht. So konnte das nicht bleiben. Anja beschloss also, weitere Klavierübungen auf später zu verschieben und sich zunächst um sich selber zu kümmern.

Sie ging also ins Badezimmer, ließ wohlig warmes Wasser in die Badewanne einlaufen, warf ein paar wohlriechende Badekugeln in das einlaufende Wasser und machte sich an der Stereoanlage zu schaffen, die ihre Mutter irgendwann einmal im Badezimmer installieren hatte lassen. Bald drangen die Klänge einer Sammlung spätromantischer Klavierwerke aus den in der Decke verborgenen Lautsprechern. Debussy, Ravel, Chopin, Skrjabin. Anja ließ sich in das wohlig warme Wasser gleiten, schloss die Augen und lauschte eine Weile der Musik.

Später griff sie nach einem frischen Rasierer, den sie sich auf dem Badewannenrand bereitgelegt hatte, und begann sorgfältig ihre Beine, ihre Achseln und zuletzt ihren Schambereich vom Haarwuchs zu befreien. Das Metall des Rasierers erzeugte angenehme Gefühle, als sie die Klingen sorgfältig über ihre Vulva, durch die Leisten ihrer weit geöffneten Beine und schließlich vorsichtig über die äußeren Schamlippen führte. Ihre Gedanken glitten ab, wanderten zu jenem Erlebnis, das sie vor einigen Wochen mit Bernd gehabt hatte. Sie schloss wieder die Augen, aus den Lautsprechern kam gerade Debussys „Clair de Lune". Sie legte den Rasierer zurück auf den Badewannenrand. Diesmal sah sie keinen Grund mehr, dem Verlangen nicht nachzugeben, sich selbst zu berühren.

Anja ließ sich Zeit, ließ ihre Gedanken frei fließen, während sie erst die Innenseiten ihrer Schenkel berührte, die andere Hand sache über ihre glatte Vulva gleiten ließ, schließilch mit zwei Fingern der einen Hand ihre Schamlippen spreizte und mit der anderen sachte ihre Klitoris berührte. Zwei Finger drangen schließlich mühelos in ihre schon nasse Spalte ein, die freie Hand glitt hinauf zu ihren Brustwarzen, die sich unter ihren eigenen Berührungen rasch versteiften. Die aufsteigenden Bilder flossen ineinander, mischten sich mit Erinnerungen an Sarinyas zärtliche Berührungen und den Moment ihrer Defloration. Anja ließ sich bewusst Zeit, erforschte die Berge und Täler der sexuellen Erregung, die ihren gesamten Körper durchdrang, die Energie, die bis in ihre Haarwurzeln, Zehenspitzen und Fingerspitzen drang. Intuitiv fand sie heraus, wie sie die Gefühle immer weiter intensivieren konnte – die mahnenden Worte ihrer Mutter waren weit weg, die sie immer wieder davor gewarnt hatte, dem Verlangen allzu oft nachzugeben – und schließlich entlud sich die gesamte angestaute Energie in einer minutenlangen Serie von Orgasmen, zu denen Anja ungehemmt keuchte und schrie. Es war schließlich niemand da, der sich daran stören hätte können.

Anja blieb noch weitere 20 Minuten einfach so im warmen Wasser liegen, bis das auskühlende Wasser sich unangenehm auf ihrer Haut bemerkbar machte. Ihr rationaler Verstand setzte wieder ein, rasch griff sie nach dem Shampoo, begann konzentriert ihr langes blondes Haar zu waschen, zuletzt auszudrücken und mit einem Handtuch zu einer Art Turban zu binden. Sie stieg aus der Wanne, trocknete sich sorgfältig ab, cremte ihren Körper mit einer teuren Lotion ein, damit die Rasur keine lästigen Spuren oder Rötungen hinterließ, löste dann den Turban und begann ihr Haar sorgfältig auszuföhnen. Zuletzt trug sie noch eine dünne Schicht Pflegecreme auf ihrem blassen Gesicht auf.

Ohne Eile ging Anja wieder in ihr Zimmer zurück. Sie lächelte ihr Spiegelbild an, was sie jetzt sah, gefiel ihr schon viel besser. Und ein anderer Entschluss war in ihr gereift: Ja, sie würde Bernd wiedersehen. Es gab nichts, was dagegen sprach, das bislang beste Erlebnis ihres Lebens mit einem Mann zu wiederholen. Doch das hatte Zeit, der Nachmittag würde jetzt wieder ihrem Klavier und Erik Satie gehören. Sie schlüpfte in einen weißen Baumwollslip und zog sich ein leichtes Sommerkleid über den Kopf, dann setzte sie sich wieder ans Instrument, blendete alle Gedanken an die Welt drumherum aus und begann konzentriert und intensiv zu üben.

Eine Party der anderen Art

Es war schon nach 23 Uhr, als Susi aus dem Taxi stieg und auf den Klingelknopf eines unscheinbaren Gartentores im Wiener Cottage-Viertel drückte, einer Ansammlung teils alter, teils liebevoll renovierter Villen, die in jenem Gebiet der Stadt lagen, das eine Verbindung zwischen den inneren Bezirken und den ehemaligen Vororten bildete, die heute als Heurigengegenden von Touristen heimgesucht wurden. Zwischen dem Altbestand gab es immer wieder Grundstücke, auf denen ausgemachte Scheußlichkeiten aus Beton und Glas errichtet waren, mit denen man zu Geld gekommenen Parvenüs eben dieses aus der Tasche zog. Auf den Straßen parkten zunehmend die dazu passenden Autos deutscher Hersteller, die Serienfahrzeuge mit fünf Zentimeter mehr Bodenfreiheit oder 20 Zentimeter mehr Länge um den doppelten Preis der Basismodelle verkauften und solcherart am Geschäft mit den Neureichen mit partizipierten.

„Traum", tönte es aus dem Lautsprecher der Sprechanlage. „Novelle", antwortete Susi. Der Türsummer schnarrte, ein Mann im schwarzen Anzug nahm Susi auf dem Gartenweg in Augenschein. „Kann ich Ihnen helfen?", fragte er mit sonorer Stimme. „Geh Franz, spiel dich nicht so auf", schnatterte Susi einfach drauf los. Der so angesprochene antwortete ein knappes „Servus Susi" und gab ihr den Weg zum Eingang des Hauses frei, das zumindest äußerlich der noch unrenovierten Kategorie zuzurechnen war. Einen weiteren Empfang schien es nicht zu geben, doch Susi wandte sich zielstrebig in das erste Zimmer zur Rechten, das wohl als Garderobe fungierte. Sie schälte sich rasch aus ihren Jeans und dem Top, das sie trug, drunter war sie schon in Strümpfen und Dessous. Sie überlegte kurz, ob sie das transparente Kleid noch überstreifen sollte, das sie mitgebracht hatte, doch sie entschied sich dann dagegen, um diese Uhrzeit würde sie es kaum mehr brauchen. So nahm sie nur die hohen Schuhe aus ihrem Beutel, schlüpfte hinein, betrachtete noch kurz Frisur und Makeup in dem Spiegel, der in einer Ecke stand, hängte ihre Tasche auf eine der Garderobestangen und stöckelte dann weiter in den Salon des Hauses.

Sie lag richtig. Das Licht war bereits gedämpft, und die sonstigen Anwesenden saßen oder standen bereits in unterschiedlichen Graden der Nacktheit im Salon. Die Dame und der Herr des Hauses waren nirgendwo zu sehen, doch Susi schien hier nicht unbekannt, nach einigen Hallos und Küsschen steuerte sie erst mal die Getränkebar an und schenkte sich ein großes Glas Sekt aus einer noch halb gefüllten Flasche ein. Sie leerte es in einem Zug und schenkte sich nach, dann sah sie sich um. Sie wusste eigentlich selbst nicht, was sie hier sollte: Die Veranstalter waren irgendwie darin stecken geblieben, ein Selbstverständnis von Hippies hochzuhalten, doch meist lief es darauf hinaus, sich erst einen der hier versammelten Herren schönzusaufen und sich dann entweder im Garten oder in einem der Zimmer vögeln lassen, die mit einem Sammelsurium aus wahllos zusammengestellten Betten und Sofas ausgestattet waren. Man konnte es wahlweise auch beim Schönsaufen bewenden lassen oder mit anderen Substanzen nachhelfen, die frei zur Verwendung herumstanden. Doch es war der Geburtstag der Hausfrau, und so gehörte es sich doch, zu erscheinen.

Susi wanderte eine Weile ziellos durch die Räume. Doch plötzlich erhellte sich ihre Miene, als sie in der Küche eine dunkelhaarige Dame erblickte, die genauso wenig hierher passte wie sie selbst. „Anita", rief sie, gind direkt auf sie zu und blickte direkt in die sanften, aber stets strahlenden Augen, deren Wirkung man sich nur schwer entziehen konnte. „Du hier?" „Susi", gab diese zurück, „endlich mal ein Lichtblick." Die beiden Frauen umarmten einander. Sie brauchten einander die Situation nicht zu erklären, sie gehörten zu dem selben losen Freundeskreis von Swingern, die sich immer wieder in stark wechselnden Settings trafen, manche mit Stil und Eleganz, andere wieder eher leger. „Hast du das Geburtstagskind schon gesehen?", fragte Susi. „Kurz, ja", erwiderte Anita, „aber sie ist gerade schwer beschäftigt. Sie sind vorhin auf die Idee verfallen, die Babs ein paar Lose aus einem Glas ziehen zu lassen, und sie ist wohl gerade dabei, die zugehörigen Schwänze zu konsumieren." Susi kicherte. „Bei manchen Geschenken ist man schon froh, dass sie wer anderer bekommt, nicht wahr?" Anita lächelte. „Komm Schatz, wenn du schon da bist, gehen wir irgendwo anders hin, wo wir ungestört reden können." Schließlich landeten die beiden in einem Gartenpavillon, der aufgrund des eher kühlen Wetters heute nicht so beliebt war.

„Da hast du dem Bernd ja ein hübsches neues Vögelchen zuge-
spielt", eröffnete Anita das Gespräch ohne weitere Umschwei-
fe. „Er hat sie ins Orient abgeschleppt und war dann ganz hin
und weg." Bernd, der Notaranwärter, war Anitas Ehemann,
doch die beiden hielten sich nicht damit auf, einander einen
Spaß zu verderben, sie fanden, dass Treue aus anderen Dingen
bestand als dem Verzicht, anderweitige amouröse Gelegenheiten wahrzunehmen. „Ja gell", sagte Susi. „Die ist schon speziell. Angehende Profi-Pianistin, sie lernt bei Kai, dem alten Fi-
lou. Er meinte, es könnte nicht schaden, das Mädel ein bisserl
fit zu machen für das, was sie rund um dieses Business erwartet." „Was, den vögelst du immer noch", fragte Anita amüsiert.
„Und sag bloß, er hat dich mit der Aufgabe betraut, da ein wenig nachzuhelfen?"

„Tja, manchmal bin ich sentimental", antwortete Susi mit ver-
schmitztem Lächeln. „Und immerhin wusste er, an wen er sich
mit sowas wenden kann." Jetzt war es an Anita, zu lächeln. „Ja
das ist wohl wahr", antwortete sie. „Aber du, weil wir gerade
davon sprechen: magst du sie nicht auch mal kennenlernen?
Sie ist wirklich was Besonderes. Und jedenfalls darf sie sich
mehr Klasse erwarten als das hier. Sie ist offen, aber sie hasst
Banalität. Ich hab Markus auf sie angesetzt, aber das wäre beinahe schiefgegangen. Mehr als einen unbefriedigenden Teenie-
Fick dürften die beiden nicht zuwege gebracht haben, ich konnte sie allerdings dann doch davon überzeugen, nicht gleich ins
Kloster zu gehen." Susi erzählte die Geschichte, wie sie sich
mit Anja verabredet hatte, und auch von dem Vorfall in der
schicken Boutique. Anita lachte laut auf. „Susi bleibt eben
Susi", sagte sie dann. „Gut, ich werd da etwas arrangieren.
Möchtest du dabei sein?" „Um Gottes willen nein, sie soll den
Zusammenhang doch nicht herausfinden. Zumindest jetzt noch
nicht." „Auch wieder wahr", meinte Anita. „Mir wird schon
was einfallen, vielleicht oben in der Sommerhütte?" „Ja, das
passt schon besser als das hier." Anita seufzte. „Aber jetzt, wo
wir schon mal da sind: Was fangen wir jetzt mit dem angebro-

chenen Abend an? Bernd ist mir irgendwie abhandengekommen, den seh ich wohl nicht vor morgen Mittag wieder." Susi kicherte wieder, doch ihr Ausdruck war plötzlich verändert. „Wenn ich mich richtig erinnere, müssen es bei dir doch auch nicht immer Schwänze sein", fragte sie mit ein wenig belegter Stimme. Anita war den lesbischen Freuden nicht abgeneigt, aber sie war dabei wählerisch. Sie sah Susi eine lange Weile prüfend an. „Nein, müssen es nicht", antwortete sie schließlich mit dunkler, melodiöser Stimme und ließ zwei Finger sachte über Susis leicht geöffnete Lippen gleiten. „Wenn ich dich richtig verstehe, Süße, sollte ich dafür auch nicht mehr allzu weit schauen?"

Der Klavierwettbewerb

„… und so kommen wir nun zur Bekanntgabe der diesjährigen Preisträger des Stiftungspreises des Bankhauses P. Für junge Pianistinnen und Pianisten. Die ersten drei Ränge sind wie jedes Jahr mit Geldpreisen von 10.000, 5.000 und 2.500 Euro dotiert, für die nächsten drei hat der Vorstand der Bank heuer je eine Philharmoniker-Goldmünze bereitgestellt. Ich beginne also mit Rang 16 …"

Anja lehnte sich zurück. Sie war gut gewesen, auch ihr Klavierlehrer Kai hatte ihr das bestätigt, der beim entscheidenden öffentlichen Vorspiel im Publikum gesessen war. Insofern erschrak sie ein wenig, als sie ein „Rang 7: Anja W." hörte. Nein, das konnte nicht sein. Doch Kai, der neben ihr saß, sagte nur: „Geh, das wird schon stimmen, ich erkläre es dir nachher." Wie benommen stolperte Anja also Richtung Podium, erinnerte sich im letzten Augenblick an die erste Regel: Immer Bühnenpräsenz zeigen. Sie nahm sich also zusammen, straffte den Rücken, zwang sich zu einem mechanischen Lächeln, als sie die Stufen zum Podium erklomm, im sorgfältig ausgewählten Outfit – kurzer Rock, weiße Bluse, Blazer – vor den Tisch der Jury trat und mit einer Haltung, die des ersten Preises würdig gewesen wäre, Handschlag des Vorsitzenden und Urkunde entgegennahm. Sie drehte sich in genau berechneter Pose in Richtung des Pressefotografen, der vor lauter Begeisterung, ein lohnendes Motiv zu haben, gleich drei, viermal abdrückte, verneigte sich tief vor dem verhaltenen Applaus der Anwesenden und schwebte elegant wieder Richtung ihres Sitzplatzes.

Anja war neugierig, wer jetzt nach Meinung der Jury so viel besser gewesen war als sie. Gut, die Platzierung des Siegers, eines jungen Koreaners, der in einer Klasse für sich spielte, konnte sie nachvollziehen, auf den Plätzen ab vier fanden sich ein junger Mann und eine junge Dame, die in etwa in ihrer Liga spielten. Aber die Platzierungen zwei, drei und fünf konnte sie einfach nicht nachvollziehen, zwei junge Frauen und ein bemühter junger Mann, die praktisch aus dem Nichts aufgetaucht waren, und zwar gut präpariert, aber letztendlich farblos wirkten. Auch die abschließenden Worte des Vorsitzenden gaben da keinen näheren Aufschluss: Er lobte zwar den hohen Frauenanteil an den Preistragenden (wie er sich ausdrückte), ging aber auf die Entscheidungskriterien nicht näher ein.

„Gehen wir noch zu mir", sagte Kai, als sie den Festsaal der Bank endlich verlassen konnten. Ein paar „für mich waren Sie unter Wert geschlagen, Frau W., nur weiter so" von zwei offenbar fachkundigen Journalistinnen fand Anja zwar tröstlich, aber konnte nicht darüber hinwegtäuschen: Ihr Abschneiden war enttäuschend, und sie musste rasch herausfinden, woran das lag. Sie stieg also hinter Kai die vertrauten Stufen in dem schick renovierten Altbau hinauf, in dem seine riesige Wohnung lag, in der er auch unterrichtete. Er führte sie in den Salon mit dem großen Konzertflügel, an dem er unterrichtete, nahm zwei Zigaretten aus einer achtlos herumliegenden Packung und bat Anja, auf dem Sofa Platz zu nehmen.

„Also: über Kim Hyong brauchen wir nicht reden, in der Liga spielst du nicht. Noch nicht, möchte ich dazusagen, in zwei, drei Jahren hast du eine reale Chance. Aber zunächst zu den

Dingen, die du selber wissen solltest. Dirk und Maria. Warum waren die beiden vor dir?" Anja sog ein paar Mal an ihrer Zigarette, versuchte den Kopf klarzukriegen, ihre Gedanken zu ordnen. „Der Ravel?", fragte sie schließlich. Kai nickte: „Ja, der hatte großen Anteil, der ist dir beim Wettbewerb einfach nicht optimal gelungen, ich habe ihn von dir schon deutlich besser gehört. Was noch?" Anja dachte nach, rekapitulierte den Auftritt Marias. Sie war ganz gut darin, sich auch Tage danach noch an winzige Details zu erinnern. Doch vermutlich wollte Kai nicht auf eine pianistische Frage hinaus. „Maria, das ist halt eine Stufe mehr Erotik im Auftreten, als ich es kann", sagte sie schließlich. „Alles richtig, bis auf das letzte Wort. Was sie tut, ist das Ergebnis konsequenter Vorbereitung. Wir werden im Herbst eine Dame beiziehen, die es dir genau erklären wird. Eigentlich ist sie Choreografin."

„Gut, aber das erklärt immer noch nicht die drei Sternchen, die sich da noch vorne gedrängt haben." Die bisher besprochenen Themen waren Anja nicht neu, die würden sich mit konsequenter Arbeit verbessern lassen. Doch was war es, was die drei so weit nach vorne katapultiert hatte? „Was denkst du?", fragte Kai zurück. „Irgend eine Form der Protektion. Nichten des Generaldirektors oder so etwas", versuchte es Anja. „Gut, damit haben wir den Drittplatzierten des Wettbewerbes enttarnt, der war gesetzt. Keine Verwandtschaft, aber der Sohn eines Industriellen der Stadt, wohl ein wichtiger Kunde der Bank. Bleiben also noch die beiden Mädchen." Anja dachte also noch eine Weile nach, versuchte die Auftritte zu rekapitulieren, sich an winzige Details zu erinnern. Schließlich gab sie auf. „Das einzige, was mir noch aufgefallen ist: Speziell die Zweitplatzierte wirkte irgendwie billig, leicht zu haben. ‚Flitsch'n'‘ hätte meine Oma gesagt." Kai nahm Anja die Zigarette aus der Hand und streifte die Asche ab.

„Ja, unsere Omas. Viele von denen wussten schon, wovon sie sprachen." Kai ließ seine Worte eine Weile auf Anja wirken, die schlagartig zu verstehen begann. „Du meinst echt, die haben sich so weit …" Anja wollte das Wort nicht aussprechen, das ihr auf der Zunge lag, denn im selben Augenblick, in dem aus ihrem Bauch heraus Verachtung für das hochstieg, was sie dachte, dass die beiden getan hatten, sagte ihr ihr Verstand etwas ganz anderes. Und der Knebelbart drängte sich auch wieder ganz deutlich in den Vordergrund. Kai reichte ihr die Zigarette wieder, sie machte nervös ein paar Züge, bevor sie sie in den Aschenbecher warf.

„Fuck", sagte Anja einfach. Kai nickte nur, sie musste wider Willen schmunzeln. „Aber es bleibt doch die Frage: Wie haben die das überhaupt angestellt? Ich mein, es gab die Ausschreibung, die Generalprobe und das öffentliche Vorspiel, es wäre mir nicht erinnerlich, dass sich mir dort eine Gelegenheit geboten hätte oder mir gegenüber auch nur Andeutungen gemacht worden wären." „Tja", antwortete Kai, „du kennst die öffentliche Debatte, sie mussten vorsichtiger werden. Aber dass du es nicht mehr siehst, bedeutet noch lange nicht …" Kai zündete zwei neue Zigaretten an und reichte Anja die eine. „Außerdem, versetz dich einmal in die Lage eines solchen Sternchens. Viele machen sich keinerlei Illusionen: Sie wissen, dass es ohne nicht geht, und sie wissen, dass es die Konkurrenz auch tun wird. Also – was tun sie?" Anja verstand. Es war also nicht die Frage, ob man den Forderungen nachgab – es schien auch hier viel mehr die Frage zu sein, wie man in der Konkurrenz bestehen konnte.

Es entstand eine lange Pause, bevor Anja den Mut vor sich selbst fand, die Frage zu stellen. „Und ich? Was heißt das jetzt für mich, Kai?" Er blickte sie lange und nachdenklich an. „Eine Antwort darauf kannst du dir nur selber geben, Anja. Aber ich kann dich auf eine Gedankenreise einladen. Wenn du auf deine bisherigen sexuellen Erlebnisse zurückblickst: Hast du sie eher als Lust empfunden, oder eher als Last? Sei ehrlich zu dir." Anja verstand nicht, worauf Kai hinauswollte. Sie dachte an den Abend mit Bernd zurück. „Na als Lust, was denn sonst. Manchmal funktioniert es halt besser, manchmal schlechter. Warum fragst du das?" Kai wartete ab, es würde wohl nicht lange dauern. „Spielst du eigentlich gern Klavier?", fragte er dann. Sie schaute ihn verwirrt an. „Muss ich wohl, sonst würde ich mir all das und dich dazu wohl kaum antun." Die letzte Bemerkung tat ihr augenblicklich leid, doch Kai ging nicht darauf ein. „Und dennoch: Eines Tages wirst du davon leben, wirst Vorteile davon haben, wenn du es tust. Siehst du das als moralische Frage?"

Anjas Ausdruck wechselte von Fassungslosigkeit rasch zu angriffslustigen Zorn. „Du Schuft", sagte sie, „mich so aufs Glatteis führen. So, wie wenn man die beiden Dinge auch nur irgendwie miteinander vergleichen könnte. Einmal setze ich ein Talent ein, das ich bekommen habe, das andere Mal …" Anja brach ab. „Das andere Mal – was genau?", fragte Kai ungerührt zurück. „Ist das nicht eine Frage der Moral, aus der Triebhaftigkeit Anderer Kapital zu schlagen?" Unwillkürlich musste sie daran denken, was ihre Mutter getan hatte. Das mit der Moral schien doch nicht so einfach zu sein. „Moral, so wie die Moral der bürgerlichen Hausfrau der 50er Jahre, die sich gleich als Privatbesitz kaufen ließ, für nicht mehr als Kost und Logis?", hakte Kai nach. Anja war momentan sprachlos. Sie hatte das diffuse Gefühl, dass an dieser Logik etwas nicht stimmte, doch sie konnte es nicht greifen. Und sie hatte auch plötzlich keine Lust mehr dazu, denn etwas anderes, wohl schon lange Sublimiertes, drängte sich plötzlich und unerwartet in den Vordergrund: Sie sah Kai plötzlich als Mann. Als unglaublich attraktiven Mann. Und hatte keine Lust mehr, das vor ihm zu verbergen.

Die eben noch funkensprühende Atmosphäre zwischen den beiden veränderte sich schlagartig. Das Unbewusste übernahm bei beiden die Führung, die unmerklichen Veränderungen im Ausdruck, in der Haltung, wandelten die unverbrauchte Energie der Situation nahezu Augenblicklich in erotische Spannung um. Kai taxierte sie eine geraume Weile, ehe er die erlösenden Worte sprach: „Streiten wir doch nicht weiter, es gibt Lohnenderes, womit wir unsere Zeit verbringen können. Zieh dich aus." Anja schnappte nach Luft. Doch andererseits – warum sollte er bei dieser Gelegenheit weniger distanzlos sein als sonst auch immer? Und – so redete sie sich ein – es war doch letztlich ihre Entscheidung, nicht stattdessen aufzustehen und zu gehen. Wozu allerdings das „Ja, Meister" gut gewesen war, das sie geantwortet hatte, bevor sie ihre Bluse aufgeknöpft hatte, das fragte sie sich noch ein Leben lang. Doch so blieb es dann zwischen den beiden.

An der Rinne

Es war ein heißer Sommertag. Anja war wie jeden Tag früh aufgestanden. Jetzt im Hochsommer hatte der Klavierunterricht Pause, sie spielte nur in der Früh gewohnheitsmäßig zwei Stunden, um die Technik und Geläufigkeit nicht allzu sehr einrosten zu lassen. Kai verbrachte den Sommer nicht in Wien, sondern wie jedes Jahr in seiner Heimat in der Nähe von Hamburg. An solchen Tagen wurde sich Anja schmerzlich bewusst, dass sie im Grunde ganz allein auf der Welt war und sich um alle Belange selbst kümmern musste – auch, wie man einen beschäftigungslosen Tag herumbrachte.

Sie dachte daran zurück, wie sie die Sommer noch mit ihrer Mutter verbracht hatte, es waren stets zwei oder drei Wochen irgendwo am Meer gewesen, in letzter Zeit auch Flugreisen. Anjas Erinnerungen an diese Urlaube waren schön, es waren Lichtblicke im sonst harten, durchgetakteten Alltag gewesen, den ihre Mutter ihr sonst stets vorgegeben hatte. Sie hatte sich stets bemüht, neben Entspannung am Strand auch Ausflüge und die Besichtigung lokaler Sehenswürdigkeiten in die Urlaube einzubauen, was der wissbegierigen Anja meist viel Freude bereitet hatte. Doch heuer war alles anders – sie hatte in all dem Trubel rund um die Matura, den Todesfall und ihre neu gewonnenen Erfahrungen nicht einmal einen Gedanken an Urlaub verschwendet. Und jetzt, wo sie darüber nachdachte, schien es ihr auch nicht sonderlich attraktiv.

Es war Anja daher nicht unwillkommen, als Susi sie gegen halb zehn Uhr anrief und fragte, ob sie vielleicht einen entspannten Badetag mit ihr verbringen wolle. „Gern, und wohin soll es gehen?" „Lass dich überraschen, Süße", sagte Susi geheimnisvoll. „Aber nimm dir eine Liegematte mit, es wird jedenfalls Naturbaden. Ich hole dich in einer halben Stunde mit dem Auto ab." „Gern, ich warte unten." Damit war das Gespräch beendet. Anja konnte natürlich nicht wissen, dass Susi mit diesem Ausflug gewisse Hintergedanken verband.

Eine halbe Stunde später saßen die beiden Frauen in dem roten Sportcabrio, das sich Susi von ihrem Bruder ausgeborgt hatte. Susi musste ein wenig herumkurven, bis sie aus dem Gewirr von Einbahnen wieder auf einer stadteinwärts führenden Straße gelandet waren. Bald bogen sie auf die Wiener Ringstraße ein, vorbei am Parlament, dem Burgtheater, dem imposanten Rathaus mit dem Rathausmann an der Spitze und der Wiener Universität. Schließlich führte sie die Begleitstraße des Donaukanals zu einer großen Autobahnauffahrt. Anja bewunderte, wie sicher Susi den Weg auf die Hochstraße durch den Wiener Prater und auf die große Donaubrücke fand, bevor sie einem Schild folgte, auf dem „Ölhafen Lobau" stand.

Sie fuhren endlose Kilometer eine enge Allee entlang, die rechts von einem Hochwasserdamm und links vom Augebiet der Wiener Lobau begrenzt war. Anja war hier ihr Leben lang noch nicht gewesen. Als linker Hand eine gigantische Industrieanlage voller Rohre und Kesselwegen erschien, wagte sie zu fragen: „Und was wird das jetzt, wenn's fertig ist?" Susi lachte. „Noch ein paar Minuten Geduld, wir sind noch nicht da." Schließlich parkte Susi das Cabrio zwischen zwei Bäumen. Für Anja sah die Gegend nicht viel anders aus als zwei

Kilometer zuvor, doch sie packte neugierig ihre Badetasche und folgte Susi, die zielstrebig die paar Stufen auf den Damm kletterte, auf dessen Krone sich ein viel benutzter Radweg befand. Doch auf der anderen Seite erstreckte sich, so weit das Auge reichte, eine mit alten Bäumen bestandene Naturwiese, die von einem breiten, in der Sonne glitzernden Gewässer begrenzt war. „Was ist das?", fragte Anja neugierig. „Geh, als Wienerin solltest du das wissen. Das ist das Entlastungsgerinne, eigentlich ein Hochwasserschutz für die Stadt, aber meist auf beiden Ende von der Donau abgesperrt und daher ein ideales Badegewässer. Jetzt komm."

Anja folgte Susi auf die Wiese hinunter, doch dann blieb sie wie angewurzelt stehen. Die Badegäste, die sich unten vollkommen entspannt erholten, waren alle splitternackt. „Das ist aber jetzt nicht dein Ernst, Susi. Ist das hier eine Freiluftorgie oder was?" „Geh Dummi, eher im Gegenteil. Das ist ein FKK Badeplatz. Einer der prüdesten Orte, die du dir vorstellen kannst. Hier wird nackt gebadet und fertig. Wer sich nicht zu benehmen weiß, der wird hier keine zehn Minuten geduldet, die Leute hier sind mit Spannern nicht zimperlich." Anja sah sich noch eine Weile unschlüssig um, doch es schien schon so zu sein, wie Susi sagte: Vorwiegend älteres Publikum lagerte hier friedlich in der Wiese, man schien wenig Notiz von den beiden neu ankommenden jungen Frauen zu nehmen. Zögernd ging Anja weiter. „Und warum konntest du mir das nicht vorher sagen?" „Weil du dann nicht mitgekommen wärst und ich keine Lust habe, den ganzen Tag in nassen Badefetzen herumzuliegen. Komm probier's einfach, du wirst es nicht mehr anders wollen."

Bald hatten sich die beiden unter einem großen Baum eingerichtet, und plötzlich schien es Anja ganz natürlich, sich einfach auch auszuziehen und auf ihrer Matte wohlig auszustrecken. Susi lächelte zufrieden in sich hinein: Der Sinn der Aktion, die mit Kai abgesprochen war, war natürlich ein anderer:

Anja sollte schrittweise ihre Scham verlieren, sich nackt unter anderen Menschen zu bewegen. Und das hier war ein guter Anfang dafür.

Der Tag selbst verlief angenehm und ereignislos. Bald hatte Anja herausgefunden, dass Susi sie nicht belogen hatte: selbst im Vergleich zu den städtischen Freibädern, die sie bisweilen mit ihren Freundinnen besucht hatte, verhielten sich die anwesenden Männer angenehm zurückhaltend, bald verlor sie jede Scheu, einfach so, wie sie war, die paar Meter bis zu den gemauerten Stufen zu gehen, die in das angenehm warme Wasser führten. Und Susi hatte natürlich recht: Was für ein angenehmes Gefühl war es, sich nach dem Baden einfach wieder hinlegen zu können, in ein paar Minuten wieder trocken zu sein und sich nicht um nasse Badekleidung kümmern zu müssen, die doch immer nur unangenehm auf der Haut klebte. Besser jedenfalls als die 20 Mal „zieh dich jetzt sofort um", die sie von ihrer Mutter noch gut im Ohr hatte.

Susi hatte erwogen, den Tag für Anja noch mit einer erotischen Begegnung ausklingen zu lassen, sich dann aber dagegen entschieden. Anja sollte sich weder überfahren fühlen noch auf die Idee kommen, dass vieles von dem, was sie mit Susi erlebte, Teil eines abgekarteten Spiels war. Stattdessen überredete sie Anja einfach, mit ihr noch in einem der nahe gelegenen Lokale am Ufer der Rinne zu Abend zu essen, bevor sie ihre Freundin wieder heim in die Stadt brachte. Anja bedankte sich überschwänglich bei Susi für den schönen Tag, und wie mittlerweile zwischen den beiden üblich, verabschiedeten sie sich mit einem langen feuchten Kuss auf den Mund. Erst als Susi Anja verabschiedet hatte, dachte Susi darüber nach, wie sie jetzt die Nacht zubringen würde, Im Gegensatz zu ihrer müden Freundin, die sich einfach auf das große Bett warf und bald eingeschlafen war, hatte sie selbst keine Lust auf ihr eigenes Bett.

Mit Bernd ...

„Du möchtest – was?" Anja lag gerade wohlig ausgestreckt neben Bernd, rauchte ihre „Zigarette danach" und hörte Bernd nur mit halbem Ohr zu. Die gelegentlichen Treffen mit ihm hatten einen festen Platz in ihrem Leben eingenommen, auch wenn sie den Mann nicht liebte, mochte sie die angenehmen Stunden mit ihm. Er war ein guter Unterhalter, der sie niemals in die Verlegenheit brachte, das Gespräch selbst am Laufen zu halten, wofür sie ihm unendlich dankbar war. Sie verbrachten jetzt zum zweiten Mal den Nachmittag in einem Gartenhaus im Grüngürtel oberhalb von Döbling, die Mansarde des Hauses wurde zur Gänze von einem großen, mit Matratzen ausgelegten Raum eingenommen, ein raumhohes dreieckiges Fenster bot einen unvergleichlichen Ausblick auf die Stadt Wien, die einem von hier aus so quasi zu Füßen lag.

Anja hatte es bislang nicht gewagt, ihm die Frage zu stellen, wessen Haus das eigentlich war und warum er mit ihr hier so einfach mit ihr herkommen und ausgedehnte Liebesnachmittage verbringen konnte. „Mach dir keinen Kopf und genieße es", hatte ihr Susi nur geraten, als sie mit ihrer Freundin darüber gesprochen hatte. Doch sein wie beiläufig hingeworfenes „Ich habe meiner Frau Anita schon viel von dir erzählt, wir beide möchten dich gerne einmal gemeinsam einladen" brachte sie momentan doch einigermaßen aus der Fassung.

„Habe ich mich irgendwie unklar ausgedrückt? Anita möchte dich auch kennenlernen, wir würden dich gerne einmal gemeinsam hierher einladen." Bernd grinste Anja breit an und weidete sich eine Weile an ihrem verwirrten Gesichtsausdruck. Doch dann bequemte er sich doch zu einigen erklärenden Worten. „Dies Häuschen hier gehört Anitas Familie, doch denkst doch nicht, dass ich dich ohne ihr Wissen hierher bringen würde. Das wäre doch ein massiver Vertrauensbruch, nicht wahr?" Anja brauchte eine Weile, das Gehörte zu verarbeiten und sich die Implikationen klarzumachen. Sie drückte die halb gerauchte Zigarette im Aschenbecher aus, der neben ihr auf einem niedrigen Schemel stand. „Das heißt, du bist verheiratet, aber sie weiß davon und billigt, dass du mit anderen Frauen … ?" Bernd lächelte und ließ sich mit einer Antwort Zeit. „Aber ja doch. Wir sind beide Menschen, die sich selbst und anderen nicht gern Beschränkungen auferlegen. Wir führen eine offene Beziehung und machen kein besonderes Geheimnis daraus. Sie ist übrigens die Tochter des Notars, für den ich arbeite. Hier, möchtest du Bilder von ihr sehen?" Er wartete Anjas Antwort nicht ab, drückte eine Weile auf einem Tablet Computer herum und reichte es ihr dann. Fast wider Willen nahm sie das Gerät und betrachtete das Bild einer dunkelhaarigen Frau in einem dunkelroten Cocktailkleid. Der strahlende Ausdruck in den Augen der Frau schlug sie nahezu Augenblicklich in ihren Bann. Anja starrte eine Weile auf das Bild, unfähig, die auf sie einströmenden Gedanken in Worte zu kleiden. Bernd ließ ihr Zeit. „Blättere nur weiter, wenn du möchtest", sagte er schließlich. Die Bilder zeigten die Frau in immer freizügiger werdenden Posen, im knappen Bikini, in exquisiten Dessous und schließlich vollkommen nackt auf einem weißen Sandstrand, im Hintergrund waren unscharf Palmen zu erkennen.

Anja blickte unbewusst an sich selbst hinunter. Bernd folgte ruhig ihrem Blick und schenkte ihr dann ein aufmunterndes Lächeln. „Das sind professionelle Fotos, du brauchst jetzt keine Minderwertigkeitskomplexe kriegen." Mit diesen Worten berührte er spielerisch mit zwei Fingern ihren Unterbauch, was in Anja fast wider Willen eine neue Woge der Erregung auslöste. Wenn ein Mann, der eine solche Frau hatte, sich von ihr angezogen fühlte … Bernd nahm ihr das Tablet wieder aus der Hand. „Denk darüber nach, doch ich denke, jetzt haben wir dringenderes zu tun, als das weiterzudiskutieren, nicht wahr?"

... und Anita

Anja war schon einigermaßen nervös, heute Abend sollte der Besuch bei Bernd und Anita stattfinden. Vormittag war sie mit Susi noch einkaufen gewesen, die beiden Mädchen hatten viel Spaß dabei gehabt, ein neues Kleid und dazu passende Dessous für Anja zu kaufen. Dann schickte Susi Anja schlafen. „In der Nacht wirst du nicht dazu kommen, das verspreche ich dir. Also – ich bin um 5 wieder da, da richten wir dich dann so richtig geil her." Mit diesen Worten hatte Susi Anjas Wohnung verlassen. Anja brauchte eine Weile, bis sie die Ruhe fand, noch ein wenig zu einzuschlafen. Sie schreckte hoch, als Susi, der sie ihren Schlüssel gegeben hatte, sie pünktlich um fünf an der Schulter berührte. „So, Schlafmütze, jetzt geht es an die Vorbereitungen", plapperte die vor sich hin, während Anja sich noch den Schlaf aus den Augen ribbelte. Die nächsten eineinhalb Stunden vergingen mit einer ausgiebigen Dusche, gründlichem Rasieren – Anja staunte, wie genau Susi da sein konnte – dem Ausföhnen ihrer blonden Mähne, dem sorgfältigen Makeup und schließlich dem Anziehen. Anja musste selbst zugeben, dass sie in dem kurzen schwarzen Kleid, dessen Saum über dem Knie endete, den feinen schwarzen Seidenstrümpfen und den schwarzen Stöckelschuhen, die ihre Beine optisch noch ein Stück verlängerten, hinreißend aussah. Sie drehte sich ein wenig vor dem Spiegel.

„So, Schatz, ich ruf jetzt das Taxi, viel Spaß." Mit diesen Worten gab Susi Anja noch den mittlerweile schon gewohnten feuchten Kuss auf den Mund und war verschwunden. 10 Minuten später saß Anja auf der Rückbank der geräumigen Limousine und hatte noch ein wenig Muße, darüber nachzudenken, was sie da eigentlich tat. Doch so sehr sie nachdachte: Sie konnte nichts entdecken, von dem sie sich vorstellen konnte, dass sie es eines Tages bereuen würde. Also lehnte sie sich voller Vorfreude zurück und genoss die Aussicht, als sich der Wagen die kopfsteingepflasterten Serpentinen der Wiener Höhenstraße entlang wand.

*

Der Wagen hielt, sie bezahlte dem Fahrer, der ihr beflissen den Schlag des Wagens öffnete, und zwang sich, den leicht ansteigenden Weg durch das offen stehende Einfahrtstor langsam hinaufzugehen. An der Haustüre sah sie bereits Bernd warten, an seiner Seite die Frau, die sie schon auf den Bildern gesehen hatte. Heute trug sie ein nachtblaues kurzes Kleid, ihr dunkles Haar hatte im Licht der abendlichen Sonne einen rötlichen Schimmer. Anja straffte unwillkürlich den Rücken, als sie auf das Paar zuging, doch als sie das erste Mal in Anitas Augen sah, ihren warmen, offenen Blick auffing, entspannte sie sich augenblicklich wieder. Sie hörte kaum Bernds „Guten Abend, Anja, schön, dass du da bist. Darf ich bekannt machen – Anita, meine Frau, Anja meine Geliebte." Sie sah in diese dunklen, leuchtenden Augen, und sie konnte keine Spur von Vorbehalten fühlen, nur Neugier und eine Spur von Amüsement. „Herzlich willkommen, Anja", hörte sie die dunkle, melodische Stimme Anitas. „Bernd hat schon viel von dir erzählt." Damit öffnete Anita ihre Arme, umschloss die verdutzte Anja und küsste sie links und rechts auf die Wange. „Komm doch weiter, wir haben heute Abend noch einen Gast." Damit nahm sie Anja am Arm und führte sie um das Haus herum auf die Terrasse, auf der ein junger Mann bereits wartete. Wie Bernd trug er ein offenes Hemd und ein legeres Sommerjackett. „Das ist Frank, einer meiner Geliebten", stellte Anita mit der größten Selbstverständlichkeit vor, „und das ist Anja, Bernds jüngste Eroberung." Frank näherte sich Anja und deutete einen Handkuss an. Die war von der entwaffnenden Offenheit der Situation so verdutzt, dass sie nur mechanisch lächelte und kein Wort herausbrachte.

„Aber jetzt lasst uns erst einmal auf den Abend anstoßen, schön, dass ihr da seid." Bernd reichte ein Tablett mit Sektschalen herum, in denen frisch eingeschenkter Champagner perlte. „Cheers, auf einen gelungenen Abend", sagte er, alle vier hoben die Gläser und tranken langsam. „Und wie habt ihr beide euch jetzt genau kennengelernt", fragte Frank in Richtung Anja, die sich erst ein wenig überwinden musste, ehe sie antwortete: „Eigentlich ein trauriger Anlass, Bernd hat damals die Verlassenschaft meiner Mutter abgehandelt. Daraus hat sich dann …" „Oh, das tut mir leid zu hören", unterbrach Frank. „Muss es nicht, das ist schon eine Weile her", antwortete Anja, „das soll diesen wunderbaren Abend nicht trüben, und schließlich hat es mich ja auch hierher zu euch geführt." Anitas sachte Berührung auf ihrem Rücken und Gesäß ging Anja durch und durch. „Ja, das ist das Leben, Freude und Leid liegen oft sehr nah bei einander. Lass uns noch einen Schluck im Gedenken an deine Frau Mama nehmen, aber das soll den heutigen Abend nicht trüben." Die vier verharrten eine Weile in Stille, bevor Anita das erlösende „Aber bitte kommt jetzt zu Tisch" sprach.

Das Abendessen verlief in angenehmer Atmosphäre, bald hatten Champagner und der erlesene Rotwein, den Bernd immer wieder nachschenkte, die letzten Reste von Anjas Befangenheit weggespült, sie begann sich in der Runde wohl zu fühlen. Sie war fasziniert von Anitas natürlicher Wärme und Ausstrahlung, mit der sie die Rolle der Gastgeberin souverän ausfüllte, und Frank, wie sich herausstellte, ein Anwalt und Studienkollege Bernds, erwies sich als geistreicher und witziger Gesellschafter, den Anja ebenfalls bald ins Herz geschlossen hatte. So bemerkte sie erst, dass sie ein wenig fröstelte, als Anita sie lang nach Einbruch der Dunkelheit mit den Worten: „Jetzt wird es aber langsam kühl heraußen, wollen wir nicht hineingehen?" ins Haus bat.

Die Stimmung änderte sich nahezu augenblicklich, ein erwartungsvolles Knistern füllte den Raum, Anja blickte ein wenig unschlüssig um sich, doch Anita schien nicht aus der Ruhe zu bringen. „Anja", sagte sie und blickte ihr dabei genau in die Augen. „Wir drei möchten dich einladen, die kommende Nacht mit uns zu verbringen. Doch es ist deine freie Entscheidung, unsere Freundschaft und dein weiterer Umgang mit Bernd hängen in keiner Weise davon ab. Wenn du dich dagegen entscheidest, würden wir dich allerdings bitten, uns jetzt zu verlassen. Ansonsten – wenn du so weit bist – tritt in unseren Kreis." Anja lächelte, sie war längst entschlossen und neugierig. Sie trat also einen Schritt vor, nahm Bernds und Franks Hände und schloss so den Kreis der vier. „Auf eine Nacht ohne Grenzen", sprach Anita vor, „auf eine Nacht ohne Grenzen", sprachen die drei in feierlichem Ernst nach. „Herzlich willkommen in unserem Kreis, Anja", sagte Anita und umarmte die jüngere. „Komm mit mir, den Ort kennst du ja schon." Damit legte sie den Arm locker um Anjas Hüfte und führte sie in Richtung der Stiegen, die zum Dachgeschoß führen.

*

Der Raum war dunkel, nur von einigen schwachen Spots indirekt erhellt, um die Wirkung der hell erleuchteten Stadt zu ihren Füßen nicht zu schmälern. Anja liebte diesen Blick. Sie stand eine Weile an dem großen, dreieckigen Fenster und erschauderte, als sie die Hand Anitas auf ihrem Rücken fühlte. „Darf ich dir aus deinem Kleid helfen, Schatz", hörte sie die dunkle Stimme fragen, wenig später stand sie in Strümpfen und Dessous vor den anderen. „Jetzt ich dir", gab sie zurück und half Anita, ihr Kleid abzustreifen. Sie staunte nicht schlecht, dass Anita darunter weder BH noch einen Slip trug und lediglich in ihren dunkelblauen halterlosen Strümpfen vor ihnen stand. Die beiden Männer zogen sich wie auf ein Kommando in eine Ecke des großen Raumes zurück, während Anita einfach auf Anja zuging. „Wenn du irgend etwas nicht möchtest, sag es bitte", flüsterte sie Anja zu, doch diese war viel zu perplex, die Annäherung dieser faszinierenden Frau abzuwehren. Sie ließ sich einfach treiben, als sich Anitas Lippen den ihren näherten und die beiden zu einem ersten innigen Kuss verschmolzen; sie spürte kaum, wie Anita sie erst von ihrem Spitzen-BH und dann von ihrem Slip befreite; und sie hätte nicht sagen können, wie es kam, dass die beiden schließlich innig umschlungen auf der Matratze gelandet waren und sie sich schließlich zwischen Anitas Beinen sachte fixiert in einem innigen 69 wiederfand. Instinktiv nahm sie Anitas Rhythmus, Anitas Führung an, hatte bald auch heraus, was dieser Lust bereitete, und die beiden trieben einander schließlich fast gleichzeitig in einen in langsamen Wellen pulsierenden minutenlangen Orgasmus.

Als die beiden sich voneinander lösten, applaudierten die beiden Männer. Sie waren mittlerweile nackt und beide bereits voll erigiert, Anja bedauerte ein wenig, nicht zu wissen, ob sie einander berührt hatten. Doch Anita ließ ihr wenig Zeit, darüber nachzudenken. Nach einem kurzen Schluck aus den bereitstehenden Gläsern fragte sie einfach in Anjas Richtung: „Na, nach dem Aufwärmen bereit für die erste Runde? - Du bist der Gast, du hast die erste Wahl." Anja blicke eine Weile zwischen den beiden Männern hin und her, doch dann sagte sie: „Ich bin neugierig auf Neues. Frank, darf ich dich bitten?" „Von Herzen gern", antwortete dieser. Anita lächelte spöttisch und sagte dann zu Bernd: „Wenn du dich zur Abwechslung mit deiner Ehefrau zufriedengibst?"

*

Anja hatte längst die „Runden" zu zählen aufgehört, als die vier im Morgengrauen schließlich erschöpft und so, wie sie waren, einschliefen. Als sie wieder erwachte, stand die Sonne hoch über der Hütte und erhellte den Dachraum. Von den anderen dreien war nichts zu sehen, ebenso wenig wie von ihrer Kleidung. Doch ihre Blase meldete sich bereits dringend zu Wort, und so blieb ihr nichts anderes übrig, als sich so, wie sie war, die Stiegen hinunter auf die Suche nach einer Toilette zu begeben. Zum Glück schienen die drei auf der Terrasse zu sitzen, sodass Anja schließlich ungestört das Badezimmer fand. Frische Handtücher und ein Morgenmantel lagen schon bereit, so fragte sie nicht lange, benutzte die Toilette und stellte sich dann einfach unter die warme Dusche. Als sie das Badezimmer im Morgenmantel verließ, kam ihr Anita schon entgegen. „Guten Morgen, wie fühlst du dich, Schatz?", fragte sie. Ohne eine Antwort abzuwarten, plauderte sie munter weiter: „Bernd hat wohl ganz vergessen dir zu sagen, dass du dir normales Gewand mitnehmen sollst. Aber wir finden sicher etwas für dich."

Zehn Minuten später saß Anja in Jeans und einem Sweater bei den anderen auf der Terrasse vor einer Tasse dampfendem Kakao Sie war zunächst ein wenig befangen, wusste nicht recht, wo sie hinsehen sollte, doch das Gefühl verflog schnell, Bernd und Anita waren erfahrene Gesellschafter und wussten das Gespräch am Laufen zu halten. So wurde es Nachmittag, bis Anja schließlich eine Gelegenheit fand, sich zu verabschieden. Sie bedankte sich überschwänglich, Frank gab ihr – wieder ganz Gentleman – einen Handkuss, Anita umarmte und küsste sie zum Abschied, und Bernd brachte sie noch hinunter zu dem Taxi, das bereits wartete. „Ich hoffe, es hat dir so viel Spaß gemacht wie uns. Gerne wieder einmal, wann immer du möchtest." „Danke Bernd, ich denke, ich werde darauf zurückkommen. Aber jetzt ciao, der Wagen wartet schon." Damit stieg sie in die Limousine, die sie über die Höhenstraße wieder zurück in die Stadt brachte.

Stufe 4: Versuchung

Die Probe aufs Exempel

„Da schau her. Geld gibt's da keines zu gewinnen, aber immerhin einen richtigen Konzertflügel." Anja kam gerade im Morgenmantel aus der Dusche zurück in Kais geräumige Küche. Er blätterte auf seinem Tablet Computer herum. Sie hörte nicht richtig zu, da sie gerade damit beschäftigt war, der riesenhaften Espressomaschine einen Kaffee zu entlocken. Schließlich setzte sie sich mit der Tasse ihm gegenüber an den Küchentisch. „Und du befiehlst mir, daran teilzunehmen, Meister?" Doch er strafte sie mit einem vernichtenden Blick. „Lass das jetzt. Das Programm würde für dich passen, du solltest unbedingt daran teilnehmen. Nominierung bis nächste Woche, der Wettbewerb selbst ist in sechs Wochen. Noch genügend Zeit für Vorbereitungen."

Anja blickte zu Kai hinüber, als er ihr das Tablet in die Hand drückte. Sie erinnerte sich schlagartig wieder an die Gespräche, die sie zum Thema Wettbewerbe schon des Öfteren geführt hatten. Sie blätterte rasch durch die Seiten der Ausschreibung, bald war ihr klar, dass er hier um weit mehr gehen würde als um das Klavier: Das staatliche Fernsehen würde das Finale in voller Länge in einem Spartenkanal ausstrahlen und den Wettbewerb in den Kulturnachrichten bringen – wenn sie dort auch nur unter die ersten drei kommen würde, würde sie künftig in einer vollkommen anderen Liga spielen. Ein kurzer Blick auf die Ausschreibungsbedingungen: die Rahmenbedingungen waren tatsächlich so, dass sie mit ihrem Repertoire gut hineinpasste. Eine merkwürdige Erregung ergriff von ihr Besitz, als sie spürte, dass sie sehr bald eine der offenen Fragen würde beantworten müssen: Welchen Preis war sie bereit, für den Weg an die Spitze zu bezahlen?

Kai machte es ihr nicht leicht. Er wusste, dass sie die Frage hinter der Frage begriffen hatte, und er wusste: Sie würde sich selbst entscheiden und dahinter stehen müssen. Es war auch keine Entscheidung auf Gedeih und Verderb, sondern eher eine zwischen „etabliert" und „ganz oben". Sie ließ im Geiste das vergangene Jahr Revue passieren. Und plötzlich schien die Entscheidung ganz einfach. „Also gut, was für Vorbereitungen?" Sie ließ das „Meister" weg, um ihm zu signalisieren, dass sie es ernst meinte. „Ich denke, du sprichst jetzt nicht vom künstlerischen Teil. Du weißt so gut wie ich, das wird harte Arbeit, aber das haben wir schon ein paarmal durch, da wissen wir, wie das geht." Anja schüttelte nur den Kopf. „Also gut, wenn du entschlossen bist, dann hör zu, ich hätte mir schon etwas überlegt ..."

„Gut", sagte sie eine halbe Stunde später. „Das kann ich mir vorstellen. Sei bitte so nett und arrangiere, was es zu arrangieren gibt." Kai sah sie nachdenklich an. „Du bist dir sicher?" „Ja, ich bin mir sicher", kam ohne Zögern zurück. „Dann ist das entschieden. Aber jetzt ab zum Klavier, als Erstes müssen wir dein Programm zusammenstellen, das brauchen wir schon nächste Woche." „Ein paar Minuten noch", sagte Anja, lief rasch in Kais Schlafzimmer und zog sich an. Im Morgenmantel am Klavier zu sitzen, empfand sie in diesem Augenblick als unangenehm.

Im Club

„Ungewöhnlich, höchst ungewöhnlich, aber – ja, ich denke, das könnten wir so machen." Anja und Kai saßen im Büro des Clubmanagers im Dachgeschoß eines unauffälligen Gründerzeithauses in der Wiener Innenstadt, unter ihnen die Fußgängerzone des Kohlmarktes und eine der traditionsreichsten Wiener Konditoreien. Nur wenige wussten, dass sich in diesem Haus nach einigen skandalösen Enthüllungen im vorigen Jahrhundert nach wie vor einer der nobelsten Herrenclubs der Stadt befand. „Überhaupt für Cosimas Tochter, Ihre Mutter war ja eine Wiener Institution und eine der Tragsäulen unseres Hauses. Das ist das wenigste, was wir für Sie tun können." Anja erinnerte sich dunkel, den Manager schon einmal, vermutlich auf dem Begräbnis ihrer Mutter, gesehen zu haben.

„Ich hätte noch eine Bitte: wäre es möglich, die Räume einmal vorweg zu sehen?" Es war bereits 22 Uhr, der Manager überlegte kurz. Wie Kai ihr geraten hatte, war Anja einigermaßen elegant angezogen, sie trug Rock, Bluse und Blazer, auch Kai war in einem seiner besseren Anzüge. „Ja, das lässt sich schon machen. Aber bleiben Sie in meiner Nähe, wenn Sie nicht angesprochen werden wollen." Anja nickte. Sie nahmen den Lift, mit dem die beiden vor einer halben Stunde ins Dachgeschoß gefahren waren, er hielt im ersten Stock des Hauses. „Ich muss in Erinnerung rufen: Wen oder was Sie hier sehen, ist absolut vertraulich und darf niemals nach außen dringen. Ich muss nicht extra darauf hinweisen, dass wir bei Übertretungen nicht zimperlich sind, hier steht zu viel auf dem Spiel." Er wartete keine Antwort ab, sondern öffnete die doppelflügelige Türe mit seiner Zugangskarte. Die beiden Herren in schwarzen Anzügen, die auffällig-unauffällig im Vorraum standen, machten wohl ausreichend Eindruck. „Schon in Ordnung, ich zeige den beiden Herrschaften nur die Räumlichkeiten, sie sind mir persönlich bekannt." Das Mädchen an der Rezeption nickte nur und drückte den Summer zu einer weiteren Türe, die in den eleganten Barraum führte.

Anja sah sich um, während der Manager sie an die Bar führte und für sie alle Champagner bestellte. In dem erstaunlich geschmackvollen, dezent beleuchteten Raum gab es Tischgruppen, einige frei stehend, einige in Wandnischen. Die Gäste saßen zwanglos in Grüppchen. Manche waren reine Herrenrunden, andere in Damenbegleitung. An der Kleidung war nicht festzustellen, ob es sich dabei um Gäste oder Professionelle handelte. Anja fragte danach. „Wir haben heutzutage auch einige weibliche Gäste, aber sie sind immer noch in der Minderzahl." Er erhob sein Glas: „Auf einen netten Abend, ich bin übrigens für meine Freunde der Joe." Sie stießen aufs du an. Anja konzentrierte sich eine Weile auf den jungen Klavierspieler, der sich, von den Gästen weithin unbeachtet, mit den simpelsten Anfangsgründen der Barmusik abplagte. Nun – das konnte sie wohl aus dem Stand, ihre diesbezügliche Sorge war vollkommen unbegründet. „Das heißt, die Damen sind alles – Prostituierte?" Joe betrachtete sie lange, bevor er antwortete. „Wir nennen sie Gesellschafterinnen. Aber technisch gesehen, ja natürlich, sie haben alle Kontrollkarten. Sie verdienen hier ein gewisse Fixum, das deckt Service und ihre Funktion als Gesellschaftsdamen ab. Wenn die Herren – und bisweilen auch unsere weiblichen Gäste – spezielle Wünsche haben, vereinbaren sie das Entgelt zusätzlich mit den Damen."

Anja ließ das Gehörte eine Weile auf sich wirken. Dann beschloss sie, einfach neugierig zu sein: „Und wo gehen die Damen dann den – intimeren Beschäftigungen – nach?" Joe nickte. „Leider erlaubt es meine Zeit nicht, dir das persönlich zu erklären. Aber wenn du möchtest, kann ich dir eine der Damen, die deine Mutter noch gut kannte, zur Verfügung stellen. Und meinen alten Freund Kai können wir hier wohl auch nicht alleine sitzen lassen. Ich nehme an, Lissandra wäre dir nicht unangenehm?" Kai lächelte nur, während Joe ein paar Worte mit dem Barmann wechselte. Ein paar Minuten später kamen zwei Damen auf die Gruppe zu. „Kai kennt ihr ja, darf ich euch mit Anja bekannt machen, sie ist die Tochter unserer leider viel zu früh von uns gegangenen Cosima. Lissandra und Caro. Lissandra, dir muss ich wohl nicht viel sagen. Caro, vielleicht kannst du Anja einen Eindruck verschaffen, wie ihr hier arbeitet? Sie hat glaube ich einen guten Grund, das wissen zu wollen. Ich darf mich dann empfehlen, Konsumationen der beiden sind heute aufs Haus." Damit verneigte sich Joe vor Kai und deutete bei Anja einen Handkuss an, dann war er verschwunden.

„Anja, na das ist eine Überraschung. Was führt dich denn hierher zu uns? Aber zunächst einmal: Noch einmal mein herzliches Beileid zum Tod deiner Mutter. Wir haben uns zwar kurz auf dem Begräbnis gesehen, aber ich bezweifle, dass du dich erinnern kannst. Ich darf doch du sagen? Ich bin übrigens Christa, du hast ja sicher mitbekommen, dass wir alle nicht unter unseren richtigen Namen arbeiten." Damit schloss sie die vollkommen perplexe Anja in die Arme. „Aber komm erst mal mit, ich stelle dich den anderen vor, die wollen dich sicher auch gern kennenlernen." Damit nahm sie Anja am Arm, führte sie durch den Barraum zu einer unauffälligen Tapentüre.Ein.kleiner Chip auf Christas Armband öffnete die Türe. Anja folgte ihr in das, was unschwer als Aufenthaltsbereich der Damen zu erkennen war. Der Raum war nüchtern, aber freundlich, eine Art Wohnküche mit einem großen Tisch, ein paar Sofas und einer zweckmäßigen Küchenzeile. „Seht mal alle her, das ist Anja, Cosimas Tochter." Damit hatte sie schlagartig die Aufmerksamkeit der paar Frauen, die in unterschiedlichen Graden der Bekleidung in der Küche saßen, plauderten oder Kaffee tranken. Ihr schwirrte der Kopf vor lauter Namen, herzlichen Umarmungen, Beileidskundgebungen und Versicherungen, was ihre Mutter für großartige Frau und Kollegin gewesen sei. Anja kämpfte ein wenig mit den Tränen, sie wusste eigentlich nicht, was sie für Vorstellung von der Tätigkeit ihrer Mutter gehabt hatte, aber mit dieser Atmosphäre freundlicher Unaufgeregtheit hatte sie jedenfalls nicht gerechnet.

„Ihr habt nichts dagegen, wenn sich Anja hier ein bisschen umsieht?", fragte Christa, allgemein zustimmendes Gemurmel kam als Antwort. Christa führte sie durch den hinteren Ausgang der Wohnküche in einen langen Gang. „Hier rechts sind die Duschen und Badezimmer." Ein paar nackte nasse Frauen winkten ihr freundlich zu, offenbar hatte sich die Nachricht schneller herumgesprochen, als sie den kurzen Weg zurücklegen hatten können. „Und hier haben wir die Ruheräume und die Garderoben. Wir teilen sie uns jeweils zu zweit oder zu dritt." Anja blickte in saubere, gepflegte Räume, in denen Garderobenständer für die Berufskleidung und Schminktische standen, in anderen gab es einfache, aber saubere Stockbetten. Hier war jedenfalls nichts von Zwang, Unterdrückung oder schlechten Arbeitsbedingungen zu spüren, die Frauen schienen untereinander einen kollegialen, wenn nicht freundschaftlichen Umgang zu pflegen. „Und wo sind jetzt die – ähm – Arbeitszimmer, oder wie sagt man da?", wagte Anja schließlich nachzufragen.

Christa warf ihr einen prüfenden Blick zu, bevor sie antwortete. „Hier und im Stock darüber. Über die Kundenzugänge können wir natürlich nicht gehen, es ist so schon schwierig genug darauf zu achten, dass die Gäste einander nicht auf den Gängen begegnen. Aber: wenn du dir wirklich sicher bist, dass du das sehen willst …" Christa brach ab und schaute Anja wieder prüfend an. Die schluckte eine Weile, doch dann siegte die Neugier und das Gefühl, dass sie sich der Biografie ihrer Mutter ohne Wenn und Aber stellen musste. Und schließlich wollte sie auch wissen, was sie selbst zu erwarten hatte. „Ja, ich bin mir sicher", antwortete sie schließlich ruhig und gefasst.

„Wir arbeiten hier nicht mit Video, wir haben etwas viel Altmodischeres, was aber jetzt ganz nützlich ist. Ich muss dich nicht noch einmal darauf hinweisen: Wenn du hier anwesende Personen erkennst, behalte das für dich und nur da. Ich denke, ich kann dir da vertrauen." Anja nickte, Christa sah sie ein letztes Mal prüfend an und schien dann zufrieden. „Na gut, dann komm mit." Sie führte Anja durch eine andere Türe aus dem Aufenthaltsraum, sie kamen in einen engen, spärlich beleuchteten Gang. Bald öffnete sich zur linken Seite ein Fenster. Ein plüschiger Raum mit einem riesigen Doppelbett und einem Whirlpool war zu sehen, es schien niemand drin. „Und wie geht das jetzt?", fragte Anja. „Einseitige Spiegel. Im Notfall lassen sie sich auch öffnen, doch seit ich hier bin, kann ich mich nicht erinnern, dass wir das schon gebraucht hätten. Wir haben hier keine Raufbolde und Säufer zu Gast, und wenn doch einmal, lassen wir es gar nicht so weit kommen, dass die in die Nähe von einer von uns Frauen kommen." Anja dachte wieder an die beiden Securities, die in der Rezeption auffällig-unauffällig herumgestanden waren.

„So, komm jetzt weiter." Ein paar Meter weiter war der nächste Spiegel, im dahinterliegenden Zimmer ging es gerade zur Sache, eine Frau saß rittlings auf einem Mann, dessen Gesicht Anja bekannt vorkam. Doch sie dachte gar nicht weiter darüber nach. Die Szene unterschied sich in nichts von dem, was sie nun schon des Öfteren selbst erlebt und genossen hatte. Sie schaute eine Weile fasziniert zu und fühlte dann Christas Hand sachte auf ihrem Rücken. „Du fragst dich sicher gerade, ob es einen Unterschied macht, es für Geld zu tun, und ob sie das, was sie tut, auch gern tut, nicht wahr?" Anja war wieder erschrocken, wie mühelos sie zu durchschauen schien. „Und wie lautet die Antwort darauf?" Christa antwortete eine Weile nicht. „Schau dir ihre Augen an. Was denkst du?" Anja studierte das Gesicht der Frau eine Weile. „Sie hasst es jedenfalls nicht, so viel ist sicher. Allerdings scheint sie sehr fokussiert, nicht gelöst." Christa lächelte. „Du bist eine scharfe Beobachterin, Anja. Ich kann dir nur sagen, wie ich es empfinde: Ich nehme schon mal keinen Gast, bei dem die Chemie nicht passt. Das lässt sich in der angenehmen Atmosphäre des Clubs immer so rüberbringen, dass es der Gast auch annehmen kann, oft beruht das ja auf Gegenseitigkeit. Den übernimmt dann eine Kollegin, meist kann man schon eine empfehlen, wo man das Gefühl hat, das könnte besser harmonieren. Bei den Stammgästen fällt das natürlich weg, viele haben schon ihre Lieblingsfrau, so wie dein Klavierlehrer."

„Ich verstehe, aber das beantwortet den zweiten Aspekt noch nicht", gab Anja zurück. „Richtig. Da ist es wichtig zu verstehen, dass es niemals primär um das eigene Vergnügen geht, sondern um das des Gastes. Manche Frauen lehnen es grundsätzlich ab, sich voll auf einen Gast einzulassen, ich gehöre allerdings nicht zu denen. Es ist aber unabhängig davon die Aufgabe der Frau, ihm die Illusion zu geben, dass sie den Sex mit ihm voll und ganz genießt. Das erfordert bisweilen die volle Konzentration, weil du einerseits ständig überzeichnen musst, andererseits aber nicht so, dass es zu offensichtlich wird. Ein Balanceakt, wie bei einer Schauspielerin. Verstehst du, was ich meine?" Die beiden Frauen waren mittlerweile weitergegangen, der Raum, vor dem sie jetzt standen, schien für speziellere Bedürfnisse eingerichtet. Ein Mann, nackt bis auf eine überdimensionale Bischofsmütze auf seinem Kopf, war mit Lederbändern an ein Andreaskreuz geschnallt und betrachtete sich selbst in einem raumhohen Spiegel, während eine Frau im Ornat einer Nonne ihn mit ihren Händen, Fingernägeln, Nadeln und Klammern offenbar nicht unbeträchtliche Schmerzen zufügte. Sie konnten den Wortwechsel zwischen den beiden nicht hören, doch schließlich kniete die Frau vor ihm nieder und hatte bald seinen erigierten Penis tief in ihrer Kehle. Anja wandte sich schließlich ab.

„Ist es dir schon zu viel? Komm, wir gehen wieder in die Küche und trinken noch gemeinsam einen Schluck." Anja war dankbar, dass Christa sie von dem Anblick befreite. „Es ist die freie Entscheidung jeder Frau, was sie tut und was sie nicht tut. Deine Mutter war stets für jeden Spaß zu haben …"., sie unterbrach, als sie in einem weiteren Fenster einen flotten Vierer sahen, bei dem offenbar viel gelacht und gescherzt wurde. „Aber sie arbeitete nicht im BDSM-Bereich, und sie lehnte es auch ab, Kirchenmännern ihre heimlichen Fantasien zu erfüllen. Cosima hatte ihre ganz eigene, fast puritanische Ethik, was ihre Arbeit anbelangte, und ich habe in vielen Gesprächen unendlich viel von ihr gelernt." „Du meinst, der war echt?", frage Anja perplex nach. „Keine Fragen, keine Lügen", gab Christa darauf zur Antwort. Als sie wieder in der Küche angelangt waren, war Anja erleichtert, dass Christa nur zwei Flaschen Coca-Cola brachte. „Hier herinnen wird kein Alkohol getrunken, davon bekommen wir draußen ohnehin zu viel. Aber jetzt erzähl, was führt dich eigentlich hierher? Du bist doch nicht zufällig da?" Anja, die Christa mittlerweile vertraute, erzählte also die Geschichte von Kais Plan. „Köstlich", sagte Christa nur, „das ist ja in einer ganz anderen Liga, als wir gewöhnlichen Mädchen hier spielen. Ich wünsche dir von Herzen, dass es klappt und du auch jede Menge Spaß dabei hast."

Eine halbe Stunde später und nach einem herzlichen Abschied hatte Christa Anja schließlich durch den Personalausgang wieder auf die Straße gebracht. Wie schon zu anderen Gelegenheiten, ging diese auch diesmal wieder zu Fuß nach Hause, sie brauchte das Alleinsein und die frische Luft, um über die Frage nachzudenken, über die sie mit Kai noch so entrüstet diskutiert hatte: In Anjas Formulierung lautete sie ganz einfach: „Was macht Sex an sich moralisch oder amoralisch? Und was macht ihn amoralischer, wenn man sich dafür eine Gegenleistung schenken lässt?" Auch diesmal fand sie keine Antwort darauf, die sie befriedigte.

Bei Kai

„Jetzt wird es aber langsam Zeit, dass du verschwindest, mein Unterricht beginnt gleich. Du würdest doch nicht wollen, dass dich deine Freundin Anja hier so antrifft." Susi, die noch nackt auf einem Handtuch auf einem der Barhocker in Kais Küche saß, lehnte sich genüsslich zurück. „Und warum genau sollte mich das stören, Herr Klavierlehrer?", fragte sie gedehnt. Kai, schon in seiner unvermeidlichen schwarzen Hose und dem schwarzen T-Shirt, die er beim Unterrichten stets trug, schaute sie prüfend an. Er wusste, dass er in den verbleibenden zehn Minuten wenig Chancen hatte, Susi umzustimmen, doch sein messerscharfer Verstand sagte ihm auch noch etwas anderes: Es machte durchaus Sinn, was sie vorhatte. Je weniger Illusionen Anja verblieben, umso besser würde sie die Herausforderungen bestehen, die vor ihr lagen.

„Wie du willst", gab er zurück, „ich muss jedenfalls jetzt den Unterricht vorbereiten. Tu, was immer dir nicht peinlich ist." Mit diesen Worten ließ er sie einfach in der Küche sitzen, ging in den großen Salon, in dem er unterrichtete, nahm die schwere Abdeckung von dem großen Konzertflügel, öffnete den Deckel und die Tastaturabdeckung des Instrumentes und kramte dann in einem Stapel unordentlich auf dem Sofa liegenden Notenheften, bis er das Material gefunden hatte, das er für Anja benötigte. Als es an der Tür läutete und er wenig später mit Anja in den Salon zurückkam, saß Susi immerhin in einem schlampig geschlossenen Morgenmantel auf dem Sofa und rauchte seelenruhig eine Zigarette.

Anja blieb wie angewurzelt stehen, als sie ihre Freundin so bei Kai sitzen sah. Sie brauchte nicht lange, um sich nach dem, was sie hier sah, die Zusammenhänge des letzten halben Jahres zusammenzureimen. Kalte Wut stieg in ihr auf, sie fühlte sich in diesem Augenblick von beiden benutzt und hintergangen. „Das ist doch der absolute Gipfel der Unverfrorenheit, dass du dann noch hier so sitzt, wie du gerade aus Kais Bett gefallen bist, und so tust, als wäre das alles das Selbstverständlichste auf der Welt", schrie sie Susi an. „Ich will euch alle beide nicht mehr sehen." Damit schickte sie sich an, ohne weitere Erklärungen aus dem Raum zu stürmen, doch sehr zu ihrem Erstaunen fing sie Kai diesmal im Vorzimmer ab, statt sie gehen zu lassen. „Geh jetzt raus an die Luft, aber komm wieder. Man bricht keinen Stab, ohne auch die andere Seite zu hören." Anja schaute ihn giftig an. „Gut, ich komme wieder. Aber habt wenigstens das eine Mal den Anstand, die Zeit nicht zum Vögeln zu nutzen." Damit war sie draußen auf dem Gang und schmiss wieder einmal die Wohnungstüre zu.

Susi schaute betreten. „Das hat wohl doch nicht so gut funktioniert, ist sie jetzt echt weg?", fragte sie kleinlaut. „Ich denke nicht, aber wir können nur abwarten. Aber es wird ihr recht bald klar werden, dass sie ohne uns nicht mehr werden kann als

Buchhalterin und vielleicht doppelbelastete Ehefrau und Mutter. Doch dafür hat sie schon zu viel von den Freuden des Bohemien-Daseins genippt. Und ihre Leidenschaft für das Klavier ist zu groß." Er ignorierte Susi und ging nachdenklich zum Klavier, wo alsbald die düsteren Klänge einer Improvisation ertönten, mit denen Kai offenbar seine eigene Aufgewühltheit verarbeiten musste. Susi ging still ins Badezimmer, duschte und zog sich an. Sie spürte instinktiv, dass es jetzt Zeit war, vor Anja auch einmal Respekt zu zeigen.

Nach 45 Minuten war Anja wieder da. Ihr offenes Haar war vom Wind zerzaust, ihre Wangen gerötet, doch sie wirkte gefasst und entschlossen. „So Kai, jetzt bring mal Kaffee für alle, und dann möchte ich die Geschichte von euch beiden von vorne weg hören. Auch wenn ich mir schon gut denken kann, was hier gespielt wird." Bald saßen die drei vor dampfenden Kaffeetassen in der Küche, und es war eine völlig veränderte Susi, die zu erzählen begann, nur an wenigen Stellen von Anmerkungen Kais unterbrochen. Anja schwieg lange, nahm die Zigarette kaum wahr, die Kai ihr anzündete und reichte. Sie ließ die Zeit Revue passieren, versuchte sich vorzustellen, wie ihr Leben weiter verlaufen wäre, hätte sich Susi nicht derartig massiv eingemischt. Wenn sie alle Für und Wider in die Waagschale legte, wenn sie abwog, was sie erlebt hatte und wo sie jetzt stand … Sie schaute den beiden lange forschend in die Augen. Es war einer der seltenen Momente, in deinen Kai die Maske seines allgegenwärtigen Zynismus fallen ließ, sie sah so etwas wie Liebe in seinen Augen. Und Susi … Anja konnte nicht umhin, dieses Mädchen mit all ihren Schwächen, aber auch mit ihrer beneidenswerten Leichtigkeit und ihrer mitreißenden Fröhlichkeit zu mögen. Sie war genau die Freundin, die sie als Ausgleich für ihre eigene Grübelei und Verschlossenheit brauchte. Schließlich begann sie zu sprechen: „Ihr zwei seid zwar die größten Schufte, die mir je untergekommen sind. Aber ihr seid auch die beiden besten Freunde, die ich habe. Ihr habt mich ohne mein Wissen auf einen Weg geschubst, von dem ich nicht weiß, ob ich ihn ohne euch auch eingeschlagen hätte. Doch wer vermag zu sagen, wo mich mein eigener Weg hingeführt hätte? Jedenfalls seid ihr dadurch zum untrennbaren Teil meines Lebens geworden. Freundschaft, Zuneigung, Liebe, das sind keine rationalen Erwägungen. Ich mag euch beide viel zu sehr, um über euch zu richten. Gehen wir einfach gemeinsam den Weg weiter, den ihr für mich bereitet habt. Wohin auch immer der führen mag …" Damit streckte sie beide Hände aus, die beiden ergriffen sie, sie verharrten lange wortlos.

Schließlich bracht Anja den Kreis. „Aber jetzt genug der Sentimentalität. Ich brauche noch einen Refresher in Bar Piano, es kann jetzt jeden Abend so weit sein. Und du, Susi, verschwinde oder setz dich her, aber störe bitte nicht, wir haben zu arbeiten." Bald waren Kai und sie intensiv in der Arbeit vertieft, Kai wie immer von dem Sofa aus, auf dem auch Susi etwas verloren saß. Nach einer Weile stand sie auf und verließ leise den Raum. Das, was sie da sah, war ihr denn doch zu hoch.

Verlust der Unschuld

Der Abend selbst verlief, so sah es Anja im Rückblick, eigentlich unspektakulär. Gegen 21 Uhr läutete ihr Mobiltelefon, die beiden Herren waren soeben im Club eingetroffen. Kai war bereits auf dem Weg, er sollte sie dort „zufällig" treffen, während Anja ihren Auftritt als Barpianistin hatte. Ihren Körper hielt sie dieser Tage makellos in Form, tägliche Rasur inklusive. Also rasch in den vorbereiteten schwarzen Hosenanzug, eine locker gebundene Krawatte über dem mit offenen Kragen getragenen Herrenhemd, eine Melone … das auffällige Outfit war dazu da, möglichst die Aufmerksamkeit der Herren zu erregen. Gegen 21 Uhr 30 traf sie am Personaleingang des Clubs ein, wo sie von Christa in Empfang genommen wurde. „Hinreißend, Schatz, so jemand schicken wie dich hatten wir auch noch nie am Klavier", sagte diese anerkennend. Joe ließ den eigentlich eingeteilten Studenten Pause machen und beeilte sich ihm zu versichern, dass sein Honorar durch den ungeplanten Wechsel am Klavier nicht geschmälert werden würde. Dann ließ er 20 Minuten vergehen, bevor er sich mit theatralischer Geste ans Klavier stellte und verkündete: „Ladies and Gentlemen, meine Damen und Herren, ich darf Ihnen nun den Überraschungsgast des heutigen Abends präsentieren. Und unser Gast ist ein weiblicher Gast, eine Meisterin der schwarzen und weißen Tasten: Heißen Sie mit mir den Star des heutigen Abends Anja willkommen." Ein wenig Applaus begleitete Anjas Auftritt, doch immerhin zog ihr auffallendes Outfit einige Blicke auf sich. Sie zog artig den Hut, legte ihn auf den Klavierdeckel (die Pose hatte sie mit Kai 20 Mal einstudiert, bis er zufrieden war) und begann zu spielen.

„Wer ist das, die spielt verdammt gut", fragte schließlich Ludwig D., Inhaber eines renommierten Wiener Musikverlages, ein eleganter, großgewachsener Herr im Smoking, dessen dunkles Haar erste Ansätze ins Grau zeigte. Der andere Mann am Tisch war Friedrich G., er war deutlich jünger als Ludwig. Sein braungebranntes Gesicht und sein dunkelblondes gewelltes Haar harmonierten angenehm mit seinem weißen Dinnerjacket und dem weinroten Hemd, das er zu seiner schwarzen Hose trug. Er war der Marketingleiter der Europaniederlassung der renommierten Klavierfabrik, die den Preis für den kommenden Wettbewerb stiftete. „Tja, das ist Anja W., und was soll ich euch sagen, sie ist eine meiner Schützlinge, ich hoffe, dass man bald mehr von ihr hören wird." „Also eins muss man dir lassen, du alter Eigenbrötler: Du hast nicht nur ein Auge für Talente, sondern auch für weibliche Schönheit. Die ist absolute Oberklasse, in jeder Hinsicht." „Danke für die Blumen, ich kann nur zutage fördern, was da ist. Ihr könnt euch ja nach ihrem Auftritt auch gern ein persönliches Bild von ihr machen."

„Persönliches Bild, so so", sagte Friedrich, aber seine Augen verrieten lebhaftes Interesse. „Sag bloß, es ist purer Zufall, dass sie gerade heute und hier im Puff spielt, wo wir beide da sind."

Kai hob abwehrend die Hände. „Nennt es Schicksal, Vorherse-hung, oder auch einfach Glück, dass ihr beiden habt. Dass ihr sie heute hören dürft, natürlich." Die drei Männer schwiegen eine Weile, dann ergriff Ludwig das Wort. „Und was ist für dich dabei drin, du alter Fuchs?", fragte er ziemlich unver-blümt. „Für mich gar nichts, ich bin doch die Selbstlosigkeit in Person. Es geht mir immer nur um meine Schülerinnen, aber ich finde, sie hätte sich die Chance mehr als verdient, ganz groß rauszukommen. Sie nimmt übrigens an eurem Wettbe-werb teil, und ich wüsste dort niemanden, den man ihr zwin-gend vorziehen müsste." „Mit anderen Worten: Du forderst für sie dein Stück vom Kuchen ein, Kai. Und wenn ich das richtig sehe, möchtest du es uns die Entscheidung ein wenig – versü-ßen, nicht wahr?" Kai zuckte die Schultern. „Ich habe es in der letzten Zeit nicht überstrapaziert, Nina P. ist jetzt auch schon wieder ein Weilchen her, nicht wahr?" Die beiden Männer schwiegen abwartend. „Und was das Versüßen anbelangt, da-für bin ich nicht zuständig. Ich kann euch bekannt machen, aber euren Charme müsst ihr schon selber bemühen. Für Geld ist sie nicht zu haben." Die Männer schwiegen, es war alles ge-sagt.

Schließlich war Anjas Auftritt vorüber, Kai winkte einer der Damen und ersuchte sie, Anja an ihren Tisch zu bitten. Kurze Zeit später tauchte diese auf. „Ah, Kai", sagte sie nur, „ich sehe, du bist in Gesellschaft. Ich hoffe, ich störe nicht." „Aber nein, darf ich vorstellen, Ludwig D., Verlagsleiter, und Fried-rich G., Marketingdirektor eines Klavierherstellers. Und das ist Anja W., ich glaube ich übertreibe nicht, wenn ich sie als Star des Abends vorstelle?" „Ganz entzückend", antwortete Lud-wig, stand auf und deutete einen Handkuss an. „Freut mich, Anja", sagte Friedrich nur, erhob sich halb von seinem Sessel und nickte ihr zu. Anja nahm auf dem freien Fauteuil Platz, der am Tisch der drei Herren stand. „Freut mich, wenn es Ihnen ein wenig gefallen hat, meine Herren. Bar Piano ist nicht mein ei-gentliches Fach." „Na, wenn das hier nicht Ihr Fach ist, wie gut müssen Sie dann erst in den Fächern sein, in denen Ihre wirklichen Stärken liegen?", gab Ludwig etwas plump zurück und musterte sie am Rande der Schicklichkeit. „Vielleicht finden Sie es ja noch heraus", sagte Anja artig und mit einem Anflug von spöttischem Lächeln. Doch sie hatte den starken Eindruck, dass hier ohnehin schon alles klargemacht war und das Geplänkel mehr der notdürftigen Tarnung diente als einem Abtasten. „Ja, das wäre sicherlich von hohem Interesse", schaltete sich nun auch Friedrich ein. Anja nickte Kai unmerklich zu, der erhob sich daraufhin. „Anja, meine Herren, ich bin untröstlich, aber ich habe heute Nacht noch eine Verpflichtung, ich muss mich jetzt entschuldigen. Aber ich bin überzeugt, dass die junge Dame bei euch beiden in bester Obhut ist." Wie es seine Art war, wartete er keinerlei Antworten ab, verneigte sich leicht und war verschwunden.

Die Herren bestellten mit Anjas Zustimmung noch eine Flasche Champagner, doch sie hatte irgendwie keine Lust, sich vor dem ohnehin Vorhersehbaren mit endlosen flirttechnischen Umwegen aufzuhalten. Mit ihren Worten „Manche Sachen kann man sich nicht kaufen, aber man kann sie als Geschenk annehmen" schien dann alles klar. Friedrich, der sich mit dem Hausbrauch auszukennen schien, brauchte nicht lang, um eines der Separees zu organisieren, und die drei ließen sich mitsamt der halben Flasche Champagner von Christa dorthin begleiten. Was Anja aber dann doch einigermaßen in Erstaunen versetzte, war die Befangenheit, die ihre wohl allzu freizügige Art bei den beiden ausgelöst hatte. Es kostete sie einiges an weiblichem Charme und Improvisationstalent, die beiden wieder in den Jäger-Modus zu bringen und sich von ihnen „verführen" zu lassen. Während sie unter Ludwig lag, dessen sexuelle Fantasie offenbar mit der Missionarsstellung erschöpft war, begriff sie schlagartig, was Christa mit ihren Worten gemeint hatte. Zum Glück war Friedrich etwas weniger verklemmt, sodass sie in dieser Nacht dann doch noch einigermaßen auf ihre Kosten kam. Aber darauf kam es ja in diesem Fall nicht an, sagte sie sich immer wieder vor. Und die Sache musste sich ja nicht mehr wiederholen.

Als die Herren endlich gegangen waren, nahm Christa die ziemlich erschöpfte Anja unter ihre Fittiche. „Großartig, Mädchen, bitte versteh das jetzt nicht falsch, aber du würdest hier eine mehr als gute Figur machen. Aber jetzt komm erst mal mit duschen, das hast du jetzt nötig." Damit legte sie der Jüngeren einen frischen Morgenmantel um die Schultern und führte sie durch eine Verbindungstür direkt in den Aufenthaltsraum der Frauen. Anja frage sich, ob und wie lange ihr Christa zugesehen hatte, doch es störte sie in diesem Augenblick nicht im geringsten. Und die Art, wie sie augenblicklich warm und fürsorglich in Empfang genommen wurde, drängte ihr wieder einmal die Frage auf, wo eigentlich genau in diesem Geschäft die Amoral zu suchen war. Die Fickerei, wie sie die Sache längst vor sich selber nannte, hatte sich jedenfalls in nichts Wesentlichem von ihren bisherigen Amouren unterschieden. Mal war es ein bisschen besser, mal ein bisschen schlechter, aber insgesamt war es für sie eine rein körperliche Sache, sie ließ sich innerlich davon kaum berühren.

Der Preis

Das Lampenfieber verging genauso schlagartig, wie es die ganze Pause lang angehalten hatte. Im „Goldenen Saal", dem weltberühmten großen Saal des Wiener Musikvereins, wurde es totenstill, als Anja – jetzt in einem weinroten bodenlangen Kleid, sie hatte sich in der Pause umziehen müssen – das Podium wieder betrat. Das zwei Meter lange Instrument, ein fabrikneuer Konzertflügel, stand mit voll geöffnetem Deckel da. Es war bereits ihr Instrument, der Wettbewerb war gewonnen, doch heute war der eigentlich wichtige Tag: Ihr erstes Solokonzert vor Funk, Fernsehen, der internationalen Presse und einem ausverkauften Haus eines sehr anspruchsvollen Publikums, das auf das neue „Ausnahmetalent" neugierig war, noch dazu aus der eigenen Stadt und nicht aus Japan oder Korea. Obwohl die Zeiten längst passé waren, in denen klobige Kameras die besten Plätze des Konzertsaales in Anspruch nahmen, an Drähten aufgehängte Mikrofone den Eindruck des Saales störten und ein Tontechniker mit einem überdimensionalen Mischpult im Mittelkreuz des Saales die Sicht aus der zweiten Hälfte blockierte: Sie wusste, ein Dutzend hochauflösende Kameras waren geschickt in den klassizistischen Ornamenten des Saales verborgen, Dutzende Mikrofone, keines größer als ein Stecknadelkopf, waren auf der Bühne und im Instrument installiert, ein Kameramann und ein Tontechniker saßen mit Notebooks und hochspezialisierter Software in einem Nebenraum, und eine unbekannte Anzahl von Menschen sahen sie in diesem Augenblick live auf ihren Fernsehschirmen oder würden sie in den nächsten Tagen, Wochen oder Monaten hören und sehen – von zeitversetzten Aufzeichnungen in Spartenkanälen, in Streamingdiensten oder von digitalen Bild- und Tonträgern. Zumindest, wenn sie jetzt gut war. Und sie würde gut sein.

Der Auftrittsapplaus war nach dem gelungenen ersten Teil bereits frenetisch. Anja war von sich selbst überrascht, wie sehr sie diesen Augenblick auch rein körperlich spürte, die Feuchtigkeit in ihrem Schritt, die Woge sexueller Erregung, die sie erfasste, als sie an die Rampe trat, ein wenig mit dem Publikum kokettierte. Sie saßen alle in der ersten Reihe, die Mitglieder der Jury, darunter Ludwig und Friedrich. Sie gestattete sich, mit beiden kurze Blicke auszutauschen, bevor ihre Augen noch kurz an die linke Seite der Galerie glitten, da wo Kai saß, in der ersten Reihe einer der Logen, neben ihm Susi. Kurz dachte sie an ihre Mutter, die in diesem Augenblick stolz darauf gewesen wäre, was ihre Tochter bereits vor ihrem 20. Geburtstag erreicht hatte. „Vielleicht hörst du mir ja von oben zu", dachte Anja, bevor sie sich dem Instrument zuwandte, sich mit genau einstudierten Bewegungen setzte, den Klavierschemel ein wenig verstellte – alles Teile einer nahezu automatisierten Routine

– und nach einem kurzen Blick auf die Tastatur zu spielen begann.

Chopin Opus 10, eine Sammlung von zwölf effektvollen Konzertetüden, mit denen nicht nur der Komponist selbst, sondern auch Größen von Franz Liszt bis Lang Lang bereits international reüssiert hatten. Wie im klassischen Konzertbetrieb üblich, gab es zwischen den Teilen einer Suite keinen Applaus, aber spätestens nach der Nummer drei konnte sie spüren: Es war ihr bereits gelungen, das Publikum in ihren Bann zu ziehen. Die Erotik der knisternden Atmosphäre, mit der eine bildschöne junge Frau den Saal in ihrem Bann hielt, war zum Greifen. Noch 20 Minuten …

Als die letzten Töne des abschließenden Werkes, der weltbekannten Revolutionsetüde, verklungen war, begann sich die Zeit für Anja zu dehnen. Die Sekunden der respektvollen Stille, bevor der Applaus einsetzte, anschwoll und zu frenetischen Standing Ovations anschwoll. Anja beschloss in diesem Augenblick, die genau einstudierten Bewegungen und Schritte über Bord zu werfen und einfach sie selbst zu sein. Während des gut 20-minütigen Applauses kokettierte sie bis an die Grenzen der Schicklichkeit mit dem Publikum, das Blumen warf, auf ihre artigen Knickse und Verbeugungen reagierte, die sie mit gekonnten Augenaufschlägen und Kusshänden abwechselte. Sie reizte die Zeit bis zum Äußersten aus, warf die Zeitvorgaben der Regie über Bord, ehe sie sich endlich wieder an das Instrument setzte und die erste der Zugaben spielte. Als schließlich die letzten Klänge von „Gollywoggs Cake Walk" verklangen – nach den ehernen Regeln des Konzertbetriebes spielte man niemals mehr als drei Zugaben – traten schließlich Ludwig D. Und Friedrich G. auf die Bühne. „Meine Damen und Herren", begann Ludwig D. in eine überdimensionale Mikrofonattrappe zu sprechen, die nur dem Zweck diente, den Applaus des Publikums zu beenden und die Aufmerksamkeit auf ihn zu lenken. „An dieser Stelle des alljährlichen Wettbewerbes des Klavierhauses B. halte ich normalerweise eine längere Laudatio auf den Preisträger oder die Preisträgerin. Doch ich denke, Sie stimmen mir alle zu, die heurige Preisträgerin hat in den vergangenen Stunden so überzeugend für sich selbst gesprochen, dass alles, was ich über sie sagen könnte, den Eindruck schmälern würde. So beschränke ich mich darauf, mich bei einem der unkonventionellsten, aber auch erfolgreichsten Klavierlehrer unserer schönen Stadt zu bedanken, der es in konsequenter Arbeit geschafft hat, diesem Rohdiamanten den Schliff zu verleihen, dessen Glanz wir heute Abend hier erleben durften: Kai von D.. Ich denke, auch er hat unseren Applaus verdient."

Kai, der noch immer in seiner Loge saß, griff nach dem Mikrofon, das man ihm eilig reichte. „Nicht mir ist zu danken. Wir Lehrer können nur zutage fördern, was an Anlagen und Talenten da ist. So wie bei Anja W.." Minutenlanger Applaus signalisierte die Zustimmung, während Anja sich nur brav verneigte. Jetzt hatte sie artig und dankbar zu sein, es war der Auftritt derer, die letztlich ihre Erfolge möglich machten.

„Und so bitte ich nun den Vertreter des stiftenden Klavierhauses, Herrn Friedrich G., zur formellen Übergabe des Hauptpreises zu schreiten." Erwartungsvolle Stille, als Friedrich nach der Mikrofonattrappe griff. „Frau W., Anja, wenn ich Sie so nennen darf, Sie ich übergebe Ihnen als Hauptpreis unseres heurigen Wettbewerbs dieses Instrument, auf dem Sie uns schon am heutigen Abend einen überzeugenden Beweis dafür geliefert werden, dass es seine neue Heimat bei einer würdigen Besitzerin finden wird. Möge es von Stund' an Ihr treuer Begleiter auf Ihrem weiteren Weg sein und dazu beitragen, Ihnen die Erfolge zu bescheren, zu denen Sie Ihr herausragendes Talent befähigt. Anja, der Flügel ist nunmehr der Ihre." Damit drückte er Anja einen riesenhaften Blumenstrauß und einen überdimensionalen Schlüssel in die Hand, der einem der Schlüssel nachempfunden war, mit denen man aus unerfindlichen Gründen Klaviere absperren konnte.

Eine halbe Stunde später war es überstanden, Anja hatte artig die drei zugelassenen Interviews auf offener Bühne absolviert und war schließlich müde und durchgeschwitzt, aber total aufgewühlt wieder in der Künstlergarderobe eingetroffen, in der Susi und Kai schon auf sie warteten. Susi umarmte und küsste sie überschwänglich, bevor auch Kai sie in den Arm nahm. Die Berührungen der beiden gingen ihr in diesem Augenblick durch und durch. Und so antwortete sie auf Kais Frage: „Und jetzt, worauf hast du jetzt Lust?" ganz einfach mit „Ficken, was sonst?" Kai schaute sie belustigt an, während einem jungen, nicht unhübschen Mann, der gerade die von der Bühne aufgesammelten Blumen in die Garderobe brachte, die Blumen beinahe aus der Hand fielen. Susi, der wieder einmal nichts peinlich war, sprach ihn einfach an: „Und du kannst auch gleich mitkommen, einer allein reicht jetzt nicht für sie." Der Junge brauchte nicht lange, bis er seinen Mund wieder zu bekam, Susi erst verdattert und dann immer breiter grinsend ansah und dann frech zurückgab: „Und du bist auch im Package dabei, Süße?" „Für einen Jungen kapierst du schnell", gab Susi eine ihrer Standardantworten. „In 20 Minuten unten beim Seitenausgang, Anja muss noch duschen und sich umziehen."

Eine halbe Stunde später waren die vier bereits zu Fuß unterwegs und landeten wenig später in einer opulenten Suite des gleichen stadtbekannten Stundenhotels, in das Bernd vor – wie lange war das jetzt her? – Anja das erste Mal verführt hatte. Sie musste lächeln, so schloss sich also der Kreis.

Stufe 5: Erfolg

Das Klavier

Schließlich war der große Tag gekommen: Nach monatelangem Planen und einigen Umbauten war die Wohnung endlich bereit, das Klavier konnte kommen. Anja hatte die Gelegenheit gleich genutzt, die Wohnung grundlegend zu renovieren und nach ihren eigenen Bedürfnissen umzugestalten. Die Wand zwischen dem Wohnzimmer und ihrem ehemaligen Jugendzimmer war entfernt, Anja hatte aus den beiden Zimmern alle Einbaumöbel entfernen lassen, sodass ein etwa 50 Quadratmeter großer Salon entstanden war. Auch die Möbel im Schlafzimmer ihrer Mutter hatte sie entfernen und den Raum nach ihren eigenen Vorstellungen neu gestalten lassen.

Der Konzertflügel sollte das Herzstück des neuen Salons werden. An dem Ende aufgestellt, an dem einst ihr Zimmer gelegen war, dominierte er den großen Raum, in dem ansonsten nur ein in der Größe sehr flexibler Esstisch mit einem Dutzend Sesseln und ein paar spärliche Möbel standen: Eine Anrichte für ihr Geschirr, zwei Bücherschränke für ihre Noten, ein Sofa. Die Möbel konnten leicht so umgestellt werden, dass sie auch ein Hauskonzert für bis zu zwölf Gäste geben konnte. Die Parkettböden der beiden Räume waren von einem wahren Meister seines Faches nahezu unsichtbar miteinander verbunden, frisch abgeschliffen und lackiert und bildeten eine einheitliche, matt glänzende Oberfläche.

Anja hatte nach Monaten das erste Mal wieder in der eigenen Wohnung übernachtet. Gegen neun Uhr läutete der Partieführer der Spedition an der zweiflügeligen Wohnungstür. „Bitte, es ist alles vorbereitet", sagte Anja zu ihm, nach einem kurzen Check gab er über sein Mobiltelefon die Lieferung frei. Es dauerte den besseren Teil des Vormittags, bis das schwere Instrument schließlich durch das enge Stiegenhaus transportiert und im Wohnzimmer wieder zusammengebaut und genau nach Anjas penibler Vorstellung ausgerichtet war. Mit einem großzügigen Trinkgeld verabschiedete sie die Spediteure. Sie hatte sich kaum hingesetzt, um mit dem Instrument erste Bekanntschaft zu schließen, da läutete es wieder. Es war ein Vertreter der Klavierfabrik, im Schlepptau hatte er einen Spezialisten für Intonation, der nach Anjas Wünschen noch letzten Schliff an das Instrument legen und den Klang an die Gegebenheiten des Raumes anpassen sollte.

„Fangen Sie schon mal mit dem Grundlegenden an, aber da hätte ich doch gern meinen Klavierlehrer dabei", sagte sie und rief Kai an, der eine halbe Stunde später bei ihr war. Es war schon später Nachmittag, als schließlich alle vom Klang des Klaviers überzeugt waren und sich die beiden Vertreter der Klavierfabrik mit nochmaligen Glückwünschen wortreich verabschiedeten. Als Kai, der die Herren hinausbegleitet hatte, wieder in den Salon zurückkehrte, stand Anja mit dem Rücken an das Klavier gelehnt. Ihr Haar hing ihr ein wenig wirr herunter, ihre Bluse war aus den engen Jeans gerutscht und gab den Blick auf ihren Unterbauch bis knapp unter den Nabel frei.

Er blieb amüsiert stehen, zückte sein Mobiltelefon und machte ein paar Fotos von ihr. „Einfach geil. Beweg dich ein bisschen, sei du selbst." Anja wusste selbst nicht genau, was sie da tat, als sie vor seiner Kamera zu posieren begann, erst mädchenhaft, doch dann zunehmend freizügiger. Sie warf immer wieder den Kopf in den Nacken, ließ ihr Haar fliegen, dann hatte sie plötzlich eine Hand an einem der Knöpfe ihrer Bluse, begann diese weiter aufzuknöpfen, bis sie nur mehr lose an ihren Schultern hing und den Blick auf ihrer kleinen festen Brüste freigab. „Weiter, jetzt die Jeans", ermunterte sie Kai, sie ließ die Bluse noch an und begann an den Knöpfen ihrer 501 zu spielen, bis sie aufklafften und den Blick auf ihren weißen Slip freigab. Kai unterbrach. „Raus aus den Jeans, und rauf auf das Klavier", ordnete er an. „Jetzt kommen die wirklich geilen Bilder." Anja starrte ihn eine Weile entgeistert an, doch dann zog sie sich mit einem „Ja, Meister" die Jeans über die Beine hinunter. Er half ihr, sich auf den Deckel des Klaviers zu setzen. „So, zurücklegen." Sie ließ die Beine baumeln und legte sich weit auf den Rücken. Kai arrangierte ihr Haar und ihre Bluse. „Klick, klick." Sie schnappte ein wenig nach Luft, als er den Slip vom Gesäß und zu den Knien hinunterzog. „Beine erst zusammenpressen." Klick, klick. „Jetzt öffnen." Er stellte sich schräg zu ihr. Klick, klick.

„So, jetzt mal raus aus der Bluse." Anja hatte ihren inneren Widerstand längst aufgegeben und beschlossen, die unglaubliche Geilheit der Situation einfach zu genießen. Sie schlüpfte also aus der Bluse. „Dreh dich so, dass du mit den Händen verkehrt auf die Tastatur greifen kannst." Sie legte sich vorsichtig rücklings so auf das Instrument, dass sie mit überstrecktem Kopf die Tastatur erreichte, ihr Haar fiel wirr und lose auf die Tasten. Klick, klick. „Ein bisschen weiter überstrecken, deine Titten müssen auch noch drauf." Kai war in die Hocke gegangen, machte ein paar Bilder schräg von unten. „So stell dich wieder hin, vor die Tastatur, mit dem Hintern zu mir. Slip erst oben." Klick, klick. „Jetzt langsam runterschieben. Ja gut, halbe Oberschenkel. Hände links und rechts auf den Deckel." Klick, Klick. „Und jetzt umdrehen, Hände wieder nach hinten auf die Ecken." Klick, klick.

„Und jetzt, großes Finale." Kai öffnete den großen Deckel des Klaviers, zog das Notenpult ganz heraus und lehnte es vorsichtig gegen die Wand. „Aber sei vorsichtig, Gewicht nur auf den Rahmen, nicht auf die Saiten." Anja nickte. „Ganz raus aus dem Slip. Setz dich rauf, Hände in den Nacken, Knie zusammen und seitlich legen." Klick, klick. „Jetzt langsam zurücklehnen." Klick, klick. „Und jetzt … Beine breiter. Einfach die Knie auf beide Seiten wie beim ficken." Anja tat einfach, was er sagte, der Punkt, wo sie sich die Frage hätte stellen sollen, was mit den Bildern eigentlich passieren würde, war längst vorbei.

Kai steckte das Mobiltelefon wieder ein und griff ihr zwischen die offenen Beine auf den Unterbauch. Er ließ seinen Daumen spielerisch durch ihre geöffnete Spalte über ihre Klit gleiten, bis ihr Atem schneller ging. Sie sah ihn mit großen Augen an, sie wusste, was er jetzt von ihr erwartete, Sie musste sich immer noch überwinden, die Worte zu sprechen. „Fick mich bitte, Meister“, stieß sie schließlich schon ein wenig keuchend hervor. Doch seine Reaktion fiel anders aus als erwartet. „Später, du geiles Stück.“ Damit beugte er sich über sie und begann sie langsam und genüsslich zu lecken. Erst sehr viel später – sie waren längst in Anjas Bett gelandet – bemerkten sie, dass sie beide seit dem Morgen nichts mehr gegessen hatten und hungrig waren.

Probeaufnahmen in Hamburg

„Also ich muss sagen, das ist schon eine Klasse für sich.“ Klaus H., der technische Direktor des Plattenlabels, schaute schon eine Weile gebannt durch die Glasscheibe in das schalldicht isolierte Aufnahmestudio, in dem Anja mit einem Aufnahmespezialisten bereits zwei Stunden an Probeaufnahmen arbeitete. „Meinst du das jetzt rein optisch, Klaus, oder eher künstlerisch“, lächelte Jahn P., der soeben hinzugetreten war. „Wenn du es rein optisch meinst, muss ich dir voll zustimmen, mit den Covers hätten wir kein Problem.“ „Blödmann“, gab Klaus, ein stämmiger Mittvierziger mit dunklem krausen Haar und einem kleinen Bierbauch feixend zurück. „Ich denke, wir sollten Holger und Jürgen herrufen, das sieht sehr gut aus.“

Zehn Minuten später standen auch der Programmdirektor Jürgen K., ein großer hagerer Mann mit schwarzem Haar, das an den Schläfen schon deutliche Ansätze von grau zeigte, und

Holger von B., der Chef des Labels, mit schlohweißem Haar, einem mächtigen Schnurrbart und im unvermeidlichen Nadelstreif-Dreiteiler, in dem engen Vorraum des Tonstudios. „Und wie sieht es mit der künstlerischen Qualität aus?", fragte Holger nach, nachdem Klaus über die gemessenen Einspielzeiten pro Aufnahmeminute referiert hatte, die dank Anjas Professionalität um ein Drittel unter der branchenüblichen Benchmark lagen. Sie machte kaum Fehler, und wenn, war sie in der Lage, Phrasen punktgenau und tempotreu zu wiederholen, sodass der digitale Schnitt in kürzester Zeit erledigt war. „Wir müssen das natürlich dem Beirat vorlegen, aber was ich hier hören kann, rechtfertigt die Prognose, dass es keinen Einwand geben wird." Holger griff nach dem Lautstärkeregler, der ein Mithören im Vorraum erlaubte, und ließ Anjas Spiel ein paar Minuten auf sich wirken. Erst als sie einen Satz beendet hatte, regelt er wieder auf lautlos hinunter. „Ja, ich teile deine Einschätzung, Jürgen. Wo habt ihr denn die entdeckt. Wie heißt sie überhaupt?" „Anja W., Wienerin, Schülerin von Kai von D., eines Hamburgers, den es nach Wien verschlagen hat. Schräger Vogel, so nebenbei." „Ach Kai, den brauchst du mir nicht näherbringen. Altes Geld, seine Eltern sind beinahe Nachbarn von uns draußen in Blankenese. Der bräuchte eigentlich gar nichts tun. Stattdessen ist er nach Wien und gibt dort Klavierunterricht, mittlerweile so erfolgreich, dass man seine Schülerinnen nicht ignorieren kann. Man versuchte ihn an die Akademie zu locken, aber von regelmäßigen Verpflichtungen hält er wohl nichts. Die Wiener haben sich mit ihm arrangiert."

„Dann wäre das entschieden", sagte Holger schließlich. „Aber bevor wir ihr das sagen: Wir hatten schon länger keine von unseren Parties bei mir im Saunakeller, meint ihr, das wäre eine Gelegenheit?" Die drei Herren grinsten ihn an. „Anja soll auch auf diesem Gebiet speziell sein. Die beiden Herren aus der Jury des Wiener Wettbewerbes um einen Konzertflügel , den sie so und so gewonnen hätte, berichten von einem äußerst vergnüglichen Abend mit ihr. Sie gebrauchten das Wort ‚nymphoman', was aber auch nur bedeuten kann, dass der etwas kurzatmige Verlagsleiter, der mir das erzählte, seine eigene Blüte schon hinter sich hat."

„Na dann werde ich sie einfach auf amikale Weise einladen, noch das Wochenende in meinem Haus zu verbringen und am Samstagabend ‚einige einflussreiche Herren näher kennenzulernen'. Wenn das stimmt, was Jürgen berichtet, wird sie ja gerne zusagen. Ich bitte aber keinen unnötigen Druck auf sie zu machen, wir können uns heutzutage nicht einmal den Hauch eines Verdachtes leisten, dass ein Zusammenhang mit einer künstlerischen Auswahlentscheidung besteht. Wenn ihr bereits ein entsprechender Ruf vorauseilt, dann ist die Gelegenheit umso besser. Ich werde das gleich im Anschluss an das Vorspiel persönlich erledigen. Ich hoffe, ihr habt alle drei morgen Zeit, Kirsten würde sich auch freuen, was die Sache vielleicht wieder für unseren Jahn attraktiv machen könnte …" „Wenn unser CEO ruft, wie könnten wir uns diesem Ruf dann verschließen?" „Na dann, bitten wir die junge Dame zur Abschlussbesprechung? In 30 Minuten im großen Konferenzraum?"

Die Villa in Blankenese

Anja saß auf dem Rücksitz der großen schwarzen Limousine, die sie am späten Nachmittag eines trüben, regnerischen Herbstsamstages von ihrem Hotel abgeholt hatte. Anja wusste, was von ihr erwartet wurde: Der Körper makellos gepflegt, das Schamhaar restlos entfernt, halterlose Strümpfe, verspielte Seidendessous, darüber ein kurzes leicht ausgestelltes schwarzes Cocktailkleid, halbhohe Pumps. Das Haar hatte sie heute zu einem strengen Zopf geflochten, das sah nicht nur mädchenhaft aus, sondern schien ihr auch praktisch für das, was sie am Abend erwartete: „Ein Abendessen im privaten Rahmen, eine Gelegenheit, einander auch abseits des Beruflichen näherzukommen, mein privates Schwimmbad samt Sauna und Dampfbad steht uns zur Entspannung auch zur Verfügung. Meine Frau freut sich auch schon, Sie kennenzulernen, sie spielt ja auch selbst ein wenig Klavier. Und sein Sie unbesorgt, Sie brauchen nichts mitzubringen, was Sie zum Baden benötigen, ist bei uns reichlich vorhanden."

In ihrer kleinen Handtasche, die sie an einem langen Riemen tragen konnte, hatte sie daher neben Ausweis und Mobiltelefon nur die „Unentbehrlichkeiten", zu der ihr Birgit, ihre Ärztin, geraten hatte: Kopfwehtabletten, einen antibakteriellen Mundspray, ein paar Kondome „für speziellere Zwecke", wie Birgit das ausdrückte, und eine kleine Dose einer speziell zubereiteten Salbe: „Erstens, um Ausschläge nach dem Rasieren zu verhindern, und zweitens, wenn es einmal ein bisschen rauer zugeht." Im Übrigen hatte Birgit sie beruhigt: „Mit der Impfung und der Spirale bist du gegen die bedeutenden Risiken optimal geschützt. Und mach dir keine Sorgen: Ein ‚zu viel' gibt es noch viel weniger als ein ‚zu wenig'. Und vom Geschlechtsverkehr kann sich nichts ausweiten oder abnützen, das sind Ammenmärchen. Wenn es dir einmal zu viel vorkommt, denk immer daran: so manche biedere Hausfrau macht es auch drei bis fünfmal die Woche."

Sie verscheuchte diese Gedanken wieder und blickte aus dem Fenster, als der Wagen von der großen Ausfallstraße nach links einbog, vorbei an einem Friedhof und dem weitläufigen Gelände einer Schule, dann wieder rechts über schmale Straßen, die schließlich auf einen üppig bewaldeten Hügel führten. Der Wagen musste ein wenig warten, bis sich ein Einfahrtstor geöffnet war, die Reifen knirschten auf Kies, schließlich hielt er vor dem Eingang einer imposanten Villa. Holger und eine Anja noch unbekannte Frau warteten bereits an der Haustür. „Herzlich willkommen, hatten Sie eine angenehme Anreise?" Anja stieg anmutig aus dem Wagen und war in diesem Augenblick dankbar, dass ihr die dafür erforderlichen Bewegungen dank ihrer Mutter in Fleisch und Blut übergegangen waren. Sie lächelte: „Danke, ich kann mich nicht beklagen." „Na, dann kommen Sie doch weiter. Das ist übrigens Kirsten, meine Gattin, Kirsten, das ist Anja W,, ich habe dir schon viel über sie erzählt." „Herzlich willkommen", sagte nun auch Kirsten und umarmte Anja gleich einmal. „Ich habe schon viel von Ihnen gehört, auch Ihre Aufnahmen. Und ich freue mich, Sie nun auch persönlich kennenzulernen."

Anja wurde durch eine gewaltige, mit Marmor gestaltete Eingangshalle in einen Salon gebracht, dessen Südfront aus französischen Fenstern einen überwältigenden Blick auf die Elbe und die Moorlandschaft am Südufer des Flusses freigab. „Die Herren kennen Sie ja alle schon, damit ist unsere heutige Runde komplett. Ich denke, wir sollten mal auf den Abend anstoßen." Ein Hausmädchen reichte auf einem Tablett frisch eingeschenkten Champagner. „Na denn, sehr zum Wohle, und Anja, wenn Sie einverstanden sind, aufs ‚du'. Wir sind Kirsten und Holger, hier haben wir Klaus, Jahn und nicht zuletzt Jürgen, herzlich willkommen in unserer Runde." Anja lächelte und antwortete ein artiges „ja gern", sie war schließlich gut 20 Jahre jünger als der jüngste des Kreises. „Ich bin ja von Wien immer wieder beeindruckt, aber hier kannst du mal sehen, dass unsere Heimat an der Elbe auch ihren Reiz hat." Er machte eine verschwenderische Geste Richtung der Fensterfront. „Schade, dass es heute so trüb ist, sonst hätten wir auf der Terrasse essen können. Aber von hier aus ist es auch nett", ergänzte Kirsten. „Darf ich dann zu Tisch bitten?"

*

Nach dem Essen wechselte die Gesellschaft in einen anderen Teil des riesigen Salons, in dem eine schwere Sitzgruppe vor der Fensterfront stand. Im Hintergrund ein wohl schon älterer Konzertflügel, der aber äußerlich einen sehr gepflegten Eindruck machte. Anja hatte ihre Neugier wohl zu offensichtlich werden lassen, Kirsten wurde aufmerksam. „Ein Erbstück meines Vaters, er war zu seiner Zeit, in den 50ern, immerhin eine bekannte lokale Größe. Komm nur näher." Kirsten führte sie an das Instrument. „Willst du versuchen?" „Nein, nein", wehrte Anja ab, „aber ich habe gehört, du spielst auch selbst?" Kirsten lächelte bescheiden. „Ein wenig, mit einem Künstler als Vater ist das wohl unvermeidlich. Ich bemühe mich, nicht ganz einzurosten, soweit es meine sonstigen Verpflichtungen zulassen." Anja sah sie eine Weile an: „Ist es unverschämt, wenn ich dich bitte, ein paar Takte für mich zu spielen? Ich finde, beim Klavierspiel sagt ein Mensch sehr viel über sich." Kirsten blickte Anja prüfend an, doch ihr gefiel das Selbstbewusstsein der jungen Frau, die sich von all dem hier zur Schau gestellten Reichtum offenbar nicht an die Wand drücken ließ. „Gern, Anja, aber nur auf Gegenseitigkeit. Warte, ich hole meine Noten." Bald füllte der warme Klang des Instrumentes den Raum, Kirsten spielte immerhin auf dem Niveau guter Mittelstufe, wo sie selbst mit etwa 13 oder 14 Jahren gestanden war, und machte mit erstaunlicher intuitiver Musikalität viel von dem wett, was ihr an Routine und technischer Brillanz fehlte. Chopins Regentropfen-Prelude, Debussys Arabeske, zwei weniger bekannte kleine Stücke von Kabalewski und Kachaturjan. Anja lehnte höflich ab, ihr die Stücke „mal richtig" vorzuspielen: „Es gibt kein richtig und kein falsch, das waren deine persönlichen Interpretationen, und ich habe dir gern dabei zugehört. Man merkt, dass in deiner Familie Musik im Blut liegt." Kirsten lächelte wieder, sie hatte diese junge Frau deutlich unterschätzt, ihre Sicherheit war für ihre jungen Jahre bewundernswert. „Gut, aber ich erinnere dich an dein Versprechen. Ohne eine kleine Kostprobe kommst du mir nicht hier weg." Anja setzte sich also und überlegte kurz, entschied sich dann für Billy Joels „Piano Man". „Den Unterschied nicht verstecken, aber nicht zu deutlich werden lassen", hatte Kai ihr mit auf den Weg gegeben. Als sich Anjas und Kirstens Blicke kurz begegneten, war Anja klar, dass die Geste angekommen war.

*

„Na denn, dann wollen wir mal zum gemütlichen Teil des Abends überleiten. Wenn alle einverstanden sind, treffen wir uns in 20 Minuten unten beim Schwimmbad. Kirsten, du nimmst Anja unter deine Fittiche, zeigst ihr das Zimmer und sorgst dafür, dass sie alles hat, was sie braucht?" „Ja gern, dann komm mal mit, Anja." Sie führte die jüngere in den ersten Stock der Villa und stieß die Tür zu einem mädchenhaft eingerichteten Zimmer auf. „Das war mal mein Jugendzimmer", lächelte Kirsten. „Ich hab hier schon ein paar Sachen für dich vorbereitet." Sie schloss die Türe hinter sich. „Anja, ich denke zwar, du ahnst es schon, aber ich möchte dich trotzdem nicht damit überrumpeln. Holger und ich führen von Anbeginn eine offene Ehe, und heute Nacht wird es früher oder später um ‚das eine' gehen. Doch ich möchte, dass du weißt, dass du das nicht tun musst. Die Entscheidung für dich ist faktisch gefallen. Wenn du jetzt gehst, soll das kein Nachteil für dich sein. Aber ich würde mich natürlich genauso freuen wie die Männer, wenn du aus freien Stücken bleibst, mit uns ein wenig Spaß zu haben."

Ah, so lief das also hier. Anjas Auge war der kleine schwarze Knopf nicht entgangen, der plötzlich an Kirstens Revers steckte. Man wollte hier wohl kein Risiko eingehen, sie war sicher, dass dieses Gespräch aufgezeichnet wurde. Sie würde natürlich mitspielen, aber sie konnte der Versuchung nicht widerstehen, ihren Blick genau diesen Augenblick zu lang auf dem schwarzen Knopf zu halten, um der anderen zu verstehen zu geben, dass sie ihn bemerkt hatte. War da ein Hauch Nervosität in Kirstens Augen zu sehen? Einen Augenblick schien ihr Lächeln zu gefrieren. „Nein, nein, keine Sorge, Kirsten. Ich bleibe gern, und ich mache kein Geheimnis daraus, dass ich gern Single und den Freuden der Körperlichkeit nicht abgeneigt bin. Ich freue mich auf die Nacht." Sekunden ruhten die Blicke der beiden Frauen aufeinander, sie brauchten keine Worte, sie verstanden einander. „Gut Schatz, dann komm ich dich in 10 Minuten abholen. Ich nehme zwar nicht an, aber wenn du noch duschen möchtest …"

Anjas Initiation

Eine Viertelstunde später trafen die beiden Frauen in Bademänteln in der großen Schwimmhalle ein. Sie schien genau unter dem Salon zu liegen, auch hier boten große Türen, die offenbar bei Schönwetter in den Garten geöffnet werden konnten, den selben großartigen Ausblick. Die vier Männer trugen Kilts und hielten Biergläser in der Hand. Ein Augenblick der Befangenheit entstand, offenbar wollte es Holger dann doch vermeiden, einen allzu offensichtlichen ersten Schritt zu machen. Oder war die Inszenierung doch abgesprochen? „Na da haben wir ja heute einen ordentlichen Männerüberschuss, Anja. Gut für uns beide, nicht wahr?" Sie wartete eine Weile. „Na dann sehen wir doch mal, ob wir die vier von ihren Pils wegbekommen. Eine Runde schwimmen, Anja? Komm, das Wasser ist herrlich warm." Damit ließ Kirsten ihren Bademantel auf eine der Liegen fallen, die rund um das Becken standen, und stand vollkommen frei und nackt vor den anderen. Anja tat es ihr gleich, und die beiden Frauen stiegen elegant in das warme Wasser, bald gefolgt von den Männern.

Nach dem Schwimmen hatten sie sich alle in der Sauna zu einem ersten Aufguss zusammengefunden, dann hatte man Anja einfach die Wahl gelassen, welcher ihr erster Schwanz des Abends sein sollte. Sie erfüllte die unausgesprochene Erwartung, kniete sich vor Holger, blies ihn gekonnt und machte eine kleine Show daraus, ihn in ihren Mund kommen zu lassen und ein wenig mit seinem Sperma zu spielen, bevor sie es schluckte, was ihr einen anerkennenden Applaus der Umstehenden einbrachte.

Auf dieses bemerkenswerte Ereignis musste wieder eine Runde Champagner getrunken werden. Die Gesellschaft wurde durch den Alkohol immer lauter, man tollte wiederum im Schwimmbecken herum, bevor Holger zum zweiten Aufguss rief.

Danach hatte dann Kirsten plötzlich genaue Vorstellungen: man zog sich in einen Ruheraum zurück, in dem sich ein nicht allzu breites, mit einer festen Matratze belegtes Bett befand. Anja wurde rücklings auf das Bett gelegt. Während Kirsten sich breit über ihren Kopf kniete und mit den Worten „jetzt zeig, dass du auch lecken kannst, Schatz" ihre Spalte auf Anjas Mund absenkte, stellten sich die drei anderen Herren links und rechts von ihr auf. Anja konnte natürlich nicht genau sehen, was die drei taten, doch es schien ihr nicht schwer zu erraten. Während Kirsten sich von ihr mit der Zunge verwöhnen ließ und immer lauter stöhnte, spürte sie bald, wie warmes Sperma auf ihren Bauch und ihre Oberschenkel spritzte, dort langsam kalt wurde und klebrig haften blieb. Schließlich beugte sich Kirsten weit nach vorne und begann die Spuren abzulecken, während sie auf Anjas Mund anscheinend einen heftigen Orgasmus hatte.

Damit schien allerdings dem Bedürfnis, Anja in Besitz zu nehmen und zu „markieren", Genüge getan. Stattdessen entspann sich sehr zu Anjas Erstaunen ein Spiel zwischen Kirsten und Jahn, bei dem Holger erst andeutungsweise, dann immer offener in die Position des Cuckold gedrängt wurde. Nach einer weiteren Runde im Schwimmbad und dem dritten Aufguss verabschiedeten sich die drei dann lautstark („du hast ja noch zwei Schwänze für dich, Anja, gute Nacht und viel Spaß") und zogen Richtung Schlaftrakt der Villa ab. Anja wünschte ihnen ebenfalls eine gute Nacht, trank zwei Becher Wasser gegen den Durst, genoss in Ruhe das Tauchbecken und eine ausgiebige Dusche und setzte sich so, wie sie war, auf eine der bequemen Liegen in die Schwimmhalle. Eine Weile sah sie den Lichtern der Schiffe nach, die auch nachts die Elbe entlangfuhren. Sie dachte an Birgits Worte: „Es ist nur ein bisschen Eiweiß, gegen das, was es dir antun könnte, schützen dich Impfung und die

Spirale. Ansonsten nichts, was ein bisschen Wasser nicht wieder beseitigen könnte." Tja, so gesehen, dachte Anja, und fragte sich, was sie nun mit dem Abend anfangen würde.

Sie musste eine Weile eingenickt sein, doch sie erwachte wieder, als sie jemand anderen neben sich spürte. Es war Jürgen, er war nackt wie sie. Sie drehte den Kopf ein wenig zu ihm und blickte in ein paar wache, blaugraue Augen. „Geiler Ausblick, was, ich war jetzt schon öfter hier, ich bin jedes Mal wieder ganz hin und weg", eröffnete er das Gespräch. „Ja, es ist traumhaft hier", gab sie zurück. „Und jetzt, wo das lärmende Volk endlich weg ist, kann man es auch so richtig genießen", gab er ziemlich ungeniert zurück. „Die drei haben, wie dir sicher nicht entgangen ist, ein sehr spezielles Verhältnis zueinander. Holger geht damit sehr offen um und sagt jedem, der es wissen will, dass er das ‚zur Erdung' so brauche. Nun, jeder wie er will, ich urteile da nicht." Sie lagen eine Weile schweigend nebeneinander und hingen wohl den selben Gedanken nach. Doch noch wollte keiner den ersten Schritt machen.

„Die Saunaanlage hier ist vom Feinsten, du hast ja bis jetzt nur einen Bruchteil davon gesehen. Wenn du möchtest …" Anja war überrascht, Jürgen war den bisherigen Abend eher still und unauffällig gewesen, doch er schien ihr deutlich kultivierter als der Hausherr. „Ja gern", sagte sie und folgte ihm. Neben der finnischen Sauna gab es noch ein Dampfbad, einen warmen Whirlpool und eine Kräuterkammer, die Anlage stellte so manches in den Schatten, was sie als gewerbliche Sauna in Wien schon gesehen hatte. Schließlich kamen sie wieder an den Whirlpool. „Noch Lust, oder lieber Dampfbad?", fragte er. „Wo ist eigentlich Klaus?", fragte sie zurück. „Ach der", Jürgen lächelte. „Der hat nur gewartet, bis der Chef weg ist, der ist mit einem der Hausmädchen hier liiert, der ist sicher schon brav bei ihr in der Falle." „Also bin ich jetzt ganz allein mit dir?" Anja lächelte ein wenig kokett, sie war schließlich zum

Ficken hergekommen und fand, es wurde langsam Zeit, dass auch sie auf ihre Rechnung kam.

Jürgen war sensibel genug, die Einladung augenblicklich zu verstehen. „Ja so gesehen, das schafft natürlich Raum für mehr Überlegungen", antwortete er lächelnd. „Na dann, wollen wir sie doch ergreifen, nicht wahr?" Wenig später waren sie samt einer weiteren Flasche Champagner in ihrem Zimmer gelandet und – wie Anja sich eingestehen musste, der Teil mit Jürgen stellte sich als lohnend heraus. Sehr lohnend sogar. Nun, sie würde in der nächsten Zeit ja öfter in der Gegend sein.

Der Morgen danach

Als Anja spät am nächsten Morgen in ihrem Gästezimmer erwachte, hatte sie Kopfschmerzen und einen brandigen Geschmack im Mund. Sie blickte um sich, das Bett war zerwühlt, aber sie war allein. Sie suchte erst einmal so, wie sie war, die Toilette auf – selbst wenn sie jemand so sah, würde es nach dieser Nacht wohl keine Rolle spielen – und trank ein paar Schluck kaltes Wasser direkt vom Hahn des Handwaschbeckens, Glas war jedenfalls hier keines zu sehen. Als sie in das Zimmer zurückkam, nahm sie den muffigen Geruch nach Sex deutlich wahr, der im Raum hing. In einem Kühler stand noch eine halbe Flasche Champagner auf dem Sideboard, wohl die Ursache für ihre Kopfschmerzen. Sie blickte um sich, ihr Bademantel lag achtlos auf der anderen Bettseite vor dem Boden. Sie kramte in ihrer Handtasche nach einer Kopfwehtablette und der Dose mit der Salbe, öffnete das Fenster des Zimmers weit und machte sich dann auf den Weg zu dem großen Badezimmer, das auf der anderen Seite des Ganges lag. Als Erstes die Tablette und noch ein Glas kaltes Wasser. Ah, besser.

Unter dem weichen Strahl der Dusche entspannten sich Schultern und Nacken ein wenig, der Kopfschmerz ließ nach. Bruchstückhaft kehrte die Erinnerung an die Nacht zurück, die zumindest zu Beginn eher an ein Zerrbild deutscher Fastnacht gemahnt hatte als an Eleganz und prickelnde Erotik.

Anja stieg aus der Dusche, trocknete sich sorgfältig ab und verteilte die Creme reichlich auf und in ihrer Vagina. Die kühlende und beruhigende Wirkung setzte nahezu augenblicklich ein. Sie griff nach dem Föhn, der neben dem Waschtisch an der Wand montiert war, und war dankbar, dass auch eine frische Haarbürste bereitlag. Eine halbe Stunde später war sie dann so weit, dass sie sich wieder in Gesellschaft wagte, und stieg neugierig die Treppe hinunter, die ins Erdgeschoß führte. Der Geruch nach gebratenem Speck führte sie bald in eine geräumige Wohnküche, in der die Gesellschaft schon versammelt war und Holger schon wieder groß das Wort führte. „Guten Morgen", grüßte sie höflich in die Runde, obwohl es schon gegen 1 Uhr ging. „Guten Morgen, Schatz", antwortete Kirsten. „Du bist sicher hungrig. Kaffee steht in Kannen auf dem Tisch."

Anja wusste bereits genug von den Regeln, die auf solchen Parties galten, dass am „Morgen danach" niemals über die Nacht gesprochen wurde, und so schien es auch hier. So frühstückte sie noch ausgiebig, doch dann bat sie mit dem Hinweis auf ihren baldigen Flug nach Wien, sich verabschieden zu dürfen und ihr ein Taxi zu rufen. „Kommt doch nicht in Frage, Knut wird dich bringen", dröhnte Holger. Knut war offenbar sein Fahrer, der sie auch gestern abgeholt hatte, und so gelangte sie mit einem Zwischenstopp bei ihrem Hotel, wo sie ihren kleinen Koffer abholte, bequem nach Fuhlsbüttel, wo sie den Abendflug nach Wien noch zeitgerecht erreichte. Ihre Sorge, dass ihr eigentlich für Freitag ausgestelltes Ticket nicht akzeptiert werden würde, war unbegründet. Wie Jahn versprochen hatte, hatte man „sich darum gekümmert." Was hieß, dass sie nicht nur umgebucht war, sondern auch in der Businessclass heim fliegen konnte.

Paul

Es war Zufall, dass Anja an diesem Nachmittag beim Probespiel für den bevorstehenden Wettbewerb als letzte eingeteilt war. Die Teilnehmenden bekamen je zwei Stunden, sich mit der Akustik des Saales und dem Instrument vertraut zu machen, auf dem morgen die erste Ausscheidungsrunde vor der Jury gespielt werden würde. Sie war unprätentiös gekleidet, Jeans, ein Top, ein Blazer, den sie nachlässig auf einen Sessel geworfen hatte, der in der Nähe des Klaviers auf dem unaufgeräumten Podium des schmucklosen Saales stand.

Und es war Zufall, dass Paul, der Marketingdirektor der Bank, die den alljährlichen Wettbewerb ausschrieb, am falschen Abend in das ebenso schmucklose Gebäude der privaten Wiener Musikuniversität gekommen war – seine Sekretärin hatte den Termin der Vorbesprechung mit der Jury falsch notiert. Mithilfe seines Mobiltelefons war der Irrtum bald aufgeklärt. Er war schon wieder daran, das Gebäude zu verlassen, als er aus dem großen Saal gedämpft Klavierklänge hörte, die seine Aufmerksamkeit erweckten. Er hatte an dem Abend nichts Unaufschiebbares mehr vor, also öffnete er leise die Türe, schlüpfte in den schwach beleuchteten Zuschauerraum und setzte sich in die letzte Reihe. Die junge Frau auf der Bühne bemerkte ihn nicht, sie war voll auf ihre Vorbereitung konzentriert. Er wollte schon wieder gehen, da endete das eher sperrige Stück, an dem sie gearbeitet hatte. Eine Fuge aus Bachs Wohltemperiertem Klavier, was er allerdings nicht erkannte und ihm auch nichts gesagt hätte. Stattdessen erklang eine einfache Melodie, die sich sehr bald in harmonische Wendungen entwickelte, die ihn intuitiv in ihren Bann schlugen. Es schien sich um eine Serie kleiner Stücke zu handeln, die sich jedoch als zunehmend technisch anspruchsvoll und harmonisch äußerst vielschichtig herausstellten. Paul blieb also einfach sitzen und beobachtete die junge Frau bei ihrer konzentrierten Arbeit. Sie unterbrach immer wieder, wiederholte punktgenau einige

Passagen, so dauerte es über eine Stunde, bis die letzten Takte der 24 Prelude von Dimitri Kabalewski verklungen waren.

Anja stand von der Klavierbank auf, streckte sich und ließ den Blick absichtslos durch den dunklen Saal schweifen. Schließlich bemerkte sie den einsamen Zuhörer in der letzten Reihe. „Ich hoffe, ich habe Sie in Ihren Betrachtungen nicht zu sehr gestört", sagte sie halblaut in den Saal und wollte sich schon wieder dem Klavier zuwenden. Doch der Mann hatte sich schon erhoben und ging zielstrebig auf das Podium zu. „Paul P.", stellte er sich vor. „Ich hatte hier im Haus zu tun und habe Sie spielen gehört. Ich hoffe, Sie verzeihen mein Eindringen." Anja taxierte ihn kurz. Mitte 30, achtete auf sein Äußeres, gute Umgangsformen, jedenfalls nicht gefährlich. „Anja W.", gab sie zurück. Der Name schien ihn an etwas zu erinnern. „Sind Sie nicht eine der Teilnehmerinnen des morgigen Klavierwettbewerbs?", frage er schließlich. Der Name war ihm von der Teilnehmerliste in Erinnerung geblieben, auf die er vor ein paar Tagen einen flüchtigen Blick geworfen hatte. „Allerdings", sagte sie, „Ich sollte jetzt proben, statt hier mit Ihnen zu plaudern. Aber woher wissen Sie das?"

„Ich bin der Vertreter des ausschreibenden Bankhauses, ich kenne die Teilnehmerliste", antwortete er knapp. „Ich will Sie nicht länger von Ihrer Arbeit abhalten, aber darf ich noch fragen, was das letzte Stück war, an dem Sie gearbeitet haben?" „Wenn es Sie interessiert, kommen Sie herauf, ich mag nicht so von oben nach unten reden", antwortete sie. Er stieg also die drei Stufen auf das Podium hinauf, sie reichte ihm stumm das Notenheft. Da er damit allzu offensichtlich nichts anfing, fragte sie spöttisch nach: „Aber lesen können Sie schon selber, oder?" „Allerdings, wenngleich ich mir mit Schrift leichter tue als mit Noten. Aber wer ist Kabalewski? Noch nie gehört." „Wollen Sie das wirklich wissen, oder suchen Sie nur einen Anknüpfungspunkt, um im Gespräch zu bleiben?" Er brauchte nicht lang, darauf eine Antwort zu finden. „Und, funktioniert es?",

gab er mit einem gewinnenden Lächeln zurück. „Wie du siehst,
gab sie kühl, aber nicht abweisend zurück. „Ich bin hier ohnehin fertig. Du wirkst, als hättest du heute Abend noch genauso
wenig vor wie ich. Wenn du dir von der guten Fee etwas wünschen könntest, was wäre das dann?" Mit diesen Worten sam-
melte sie ihre Noten vom Klavier ein und räumte sie in ihre
Aktentasche. Sie war in diesem Augenblick froh, ihm nicht in
die Augen sehen zu müssen, ihr Herz klopfte wild aus Angst
vor ihrer eigenen Courage. Was tat sie da? Alle Regeln des kul-
tivierten Flirtens mit einem Satz brechen, das musste man erst
einmal zusammenbringen.

Paul war eine kurze Weile perplex. Es kam ja nach wie vor
nicht oft vor, dass eine Frau das klassische Beuteschema umdrehte. Sein Standardrepertoire für solche Fälle – schnuckeli-
ges Restaurant, eine Flasche Wein, Orient – würde hier wohl
nur ein müdes Lächeln auslösen. Die Zeit dehnte sich scheinbar
ins Unendliche, als er Anja zusah, wie sie mit sparsamen, natürlich anmutigen Bewegungen ihre Tasche packte, äußerlich
die Ruhe selbst. Wie schaffte sie es, so cool zu bleiben, während ihm das Herz bis zum Hals schlug? Er musste sich rasch
etwas einfallen lassen. „Ich glaube nicht an gute Feen", sagte er
schließlich, „aber die Einladung, den Abend mit dir zu verbringen, nehme ich gern an. Wäre es ganz verkehrt, mit einem
Abendessen zu beginnen?" Anja ließ sich ein wenig Zeit. Sie
fand die Antwort nicht überragend, aber andererseits: Was hatte sie erwartet? Sieben von zehn Punkten. Plus einer dafür, dass
sein Interesse echt zu sein schien. Plus – ja was? Entscheiden
musste sie sich wohl selber, und Hunger hatte sie auch. „Das
Charmante an den Klassikern ist, dass sie meist funktionieren,
nicht wahr?"

*

„Magst du noch mit zu mir kommen?" Das Abendessen in einem kleinen Gastgarten ganz in der Nähe von Anjas Wohnung
war angenehm verlaufen, die Nachspeise und der letzte

Schluck des hervorragenden Rotweins waren konsumiert, und es wurde langsam kühl. Paul hatte eine Weile gebraucht, bis er aufgetaut war, stellte sich aber dann als angenehmer, vielseitig interessierter Gesellschafter heraus. Eine Spur zu zurückhaltend, wie sie fand, doch sie empfand das nicht als unangenehm. Andererseits wollte sie nicht riskieren, dass er sich jetzt – zurückhaltend wie er war – einfach verabschiedete und sie die Nacht allein verbringen musste. Und auf aufwändige Umwege hatte sie jetzt gerade auch keine Lust, also hatte sie sich für die direkte Frage entschieden.

Paul sah sie lange an. Fast unwillkürlich streckte er seine Hand ein wenig weiter auf dem kleinen Tisch aus, Anja entgegen. Die ihre kam ihm schließlich entgegen, ihre Fingerkuppen berührten einander, die erste Berührung zwischen den beiden überhaupt. Es dauerte eine Weile, bis die beiden den Mut fassten, sich der überwältigenden Energie zu stellen, die nahezu augenblicklich zu fließen begann. Sie verharrten gefühlt minutenlang, versunken in den Augen des jeweils anderen. Schließlich legte Paul seine zweite Hand auf die ihre, sein Griff wurde energischer, fordernder. „Ja Anja, ich möchte gern noch mit zu dir kommen."

*

Anja lag in Pauls Arm, noch heftig atmend. Sie kuschelte sich dicht an ihn, genoss die Wärme, die Sicherheit und den Halt, den er ihr in diesem Augenblick gab. Es war drei Uhr früh, vor einer halben Stunde waren sie beide gleichzeitig erwacht. War sie beim ersten Mal, vor ein paar Stunden, noch ein wenig verkrampft und zurückhaltend gewesen, hatte sich gegen die ganz neue und ungewohnte Empfindung noch zur Wehr gesetzt, hatte sie es diesmal geschafft, sich seiner liebevollen Zärtlichkeit, seiner erst auf Geben und dann erst auf Nehmen ausgerichteten Führung vollkommen hinzugeben, hatte es zulassen können, dass er sie zärtlich berührte, nicht nur körperlich, sondern auch im übertragenen, seelischen Sinn. Und sie hatte es geschafft, die Langsamkeit und Ausdauer anzunehmen, mit der er sie – ja, sie wollte es nicht anders ausdrücken – eben geliebt hatte. Seine Hände, seine Zunge, die schier endlose Zeit, die er ihren Empfindungen, ihrer Lust nachspürte, auf kleinste, oft unbewusste Signale achtete, bevor er ihr dann das Feld überließ, sie sachte auf sich zog und sich ihrer Führung vollkommen hingab. Sie war in diesem Augenblick froh, auf ihren Schatz von Erfahrung zurückgreifen zu können, und gab ihm alles, was sie hatte, während sie einander tief in die Augen sahen.

*

Als Paul am nächsten Morgen die Wohnung verließ, musste sich Anja dazu förmlich zwingen, wieder ins Bett zu gehen und vor dem Wettbewerb noch ein paar Stunden zu schlafen. Nur mit Hilfe einiger meditativer Übungen schaffte sie es, sich von ihrer inneren Aufgewühltheit abzukoppeln und schließlich einzuschlafen. Anja war zum ersten Mal in ihrem Leben verliebt.

Epilog

Ein paar Tage später hatte Anja den Klavierwettbewerb gewonnen. Paul, der die Preisverleihung leitete, ließ sich äußerlich nichts anmerken, als er sie als letzte der Teilnehmerinnen auf die Bühne bat und ihr den Hauptpreis nebst dem obligatorischen Blumenstrauß überreichte. Tatsächlich hatte die vorangegangene Liebesnacht keinerlei Einfluss auf das Ergebnis des Wettbewerbes gehabt, selbst er als musikalischer Laie hatte beim Finale intuitiv mitbekommen, wie weit sie die Konkurrenz mit ihrem technischen Können, noch viel mehr aber mit ihrer Ausdrucksstärke in den Schatten gestellt hatte, speziell bei den Kabalewski-Preludes, die ihn schon an jenem schicksalhaften Abend in ihren Bann gezogen hatten.

Es gab Paul einen leisen Stich, als sie nach der Preisverleihung seine Frage, ob sie vielleicht den Abend mit ihm verbringen wollte, mit einem kühlen „Gern, aber heute bin ich schon verabredet" ablehnte und am Arm eines hageren Mannes mit norddeutschem Akzent das Gebäude der Privatuniversität verließ. Paul blieb lange allein in der Aula des Universitätsgebäudes stehen. Schließlich zückte er sein Mobiltelefon und hatte sich bald mit einer seiner zahlreichen Bekanntschaften verabredet. Doch der Abend blieb für ihn schal, denn in Gedanken war er bei der zauberhaften Anja, deren Sinnlichkeit um so viel nuancierter war als die des eher einfältigen Mädchens, mit dem er sich für den Korb tröstete.

Für Anja hatten sich nach jener Nacht in Blankenese plötzlich Türen geöffnet. Sie gehörte seitdem zum Business, die erste Serie von Aufnahmen und die anschließende Konzerttournee durch Deutschland, die Schweiz und Österreich gerieten zum vollen Erfolg. Neue Projekte wurden geplant, bald hatte Anja nicht mehr das Problem, wie sie an Aufträge herankommen sollte, sondern einen randvollen Terminkalender, der auf Monate ausgebucht war.

Dennoch begannen Paul und Anja eine zunächst lockere Beziehung miteinander, was Anja aber nicht daran hinderte, sich regelmäßig auch mit dem Kreis um Bernd und Susi und auf den Reisen immer öfter mit Jürgen zu treffen oder „Gelegenheiten wahrzunehmen", wie sie es sich selber gegenüber ausdrückte. Zum Thema Treue verweigerte Anja allerdings konsequent jede Festlegung. „Wir wollen einander doch nichts versprechen, was wir ohnehin nicht halten werden wollen", war ihre unveränderliche Antwort auf seine diesbezüglichen Fragen. Schließlich fand er sich damit ab und nahm auch selbst wieder den Umgang mit seinen lockeren Bekanntschaften und den Frauen auf, die er in Anjas Dunstkreis kennenlernte. Doch ihrem Verhältnis tat das keinen Abbruch, und etwas mehr als ein Jahr später machte er ihr einen Heiratsantrag. „Bist du sicher, dass du das möchtest?", war ihre kühle Antwort. „Wir können unsere Liebe und Kameradschaft gern legalisieren, aber glaube bitte nicht, dass deswegen ein anderer Mensch werde." „Anja, ich liebe dich genau so, wie du bist."

Noch am selben Abend feierten sie Verlobung, und drei Monate später heirateten sie in kleinem Rahmen, nur ihre engsten Freunde waren eingeladen. Doch damit beginnt die Geschichte einer ungewöhnlichen Ehe, und die soll ein andermal erzählt werden.

Neugierig auf mehr von Anja?

Die Fortsetzung von Anjas Geschichte

Clifford Chatterley, Anjas Cuckold oder Die sieben Kreise der Unterwerfung

Bod 2020, ISBN: 9783751957113

von Clifford Chatterley bisher erschienen:

Clifford Chatterley, 90 Tage Cuckold. Das Tagebuch eines fast keusch Gehaltenen.

BoD 2019, ISBN 9783741272608

Clifford Chatterley, Virtuelle Begegnungen. 6 Erotische Kurz-geschichten.

BoD 2020, ISBN 9783751933667

van
Sannenfagg
Island

Swinger in der Karibik

Clifford Chatterley

Clifford Chatterley, van Sannenfagg Island. Swinger in der Karibik

BoD 2020, ISBN: 9783752612417 (E-Book)